中學寫作教與評系列

U0064197

記敘文
批改範例38篇

劉慶華 主編

中華書局

責任編輯：黃海鵬
裝幀設計：甄玉瓊
排　　版：張　盛
印　　務：劉漢舉

記敍文批改範例 38 篇

□
主編
劉慶華

□
出版
中華書局（香港）有限公司
香港北角英皇道 499 號北角工業大廈一樓 B
電話：（852）2137 2338　　傳真：（852）2713 8202
電子郵件：info@chunghwabook.com.hk
網址：http://www.chunghwabook.com.hk

□
發行
香港聯合書刊物流有限公司
香港新界荃灣德士古道 220-248 號
荃灣工業中心 16 樓
電話：（852）2150 2100　　傳真：（852）2407 3062
電子郵件：info@suplogistics.com.hk

□
印刷
美雅印刷製本有限公司
香港觀塘榮業街 6 號 海濱工業大廈 4 樓 A 室

□
版次
2016 年 1 月初版
2023 年 5 月第 4 次印刷
© 2016 2023 中華書局（香港）有限公司

□
規格
32 開（210 mm×140 mm）

□
ISBN：978-988-8366-83-5

目錄

序一

　　一直以來，「精批細改」是香港語文教師常用的作文批改方法。教師逐字逐句詳盡批改作文，給予「眉批」和「總批」，讓學生可以準確地看到他們對文章的意見；而「眉批」和「總批」的評語，也對部分學生起鼓舞和激勵的作用。這些批語更可增進師生之間的溝通。透過這種批改方法，學生若能透徹了解教師的批改，得益比了解一篇課文更大。故這方法實有它可貴和可取之處。

　　不過，這方法也有其缺點。香港中文科教師工作繁重，每位教師平均需要任教三班中文。若教師要替學生每篇作文進行「精批細改」，他們實在沒有足夠的時間。另一方面，學生未必能把教師的評改分析、反思，再轉化為作文能力，主動應用於寫作上，教學效果往往事倍功半。除非香港推行小班教學或個別學生輔導，否則難以發揮「精批細改」的優點。

　　基於以上原因，近年教育界已嘗試運用其他的作文批改

方法，包括符號批改法、量表批改法、同輩互評、錄音診斷法、重點批改法等多元化的批改方式。而「重點批改」是較多教師採用的批改方法，可是，坊間有關這種批改方法的研究和參考書籍並不多。

「中學寫作教與評系列」共有五冊，以記敍文、描寫文、抒情文、說明文、議論文寫作教學為主，每冊收集了十九位教師的作文批改示例，證明教師可以按照教學目的，使用重點批改法，有系統地重點批改作文。另外，教師亦針對有關重點，作出適切的「段批」和「總批」，有系統地給予學生意見，讓學生更能透徹了解自己的寫作優點和缺點，提升寫作能力。還有，每位教師批改作文後，均撰寫了「老師批改感想」，寫出他們對寫作教學和批改的心得，加深了教師的反思和交流。這些批改重點得來不易，是語文教師的寶貴經驗和心得。語文教師的工作任重而道遠，這套書對設計寫作教學和評改，有很大的參考價值，讓寫作教學更能得心應手，更希望能減低語文教師的工作量。

謝錫金教授

香港大學教育學院副院長

序二

　　讀寫訓練一直是語文教學的重點，培養學生利用流暢通順的書面語恰當地說明事理、抒發感情、表達思想，乃至毫無障礙地與人溝通交流，是語文教師一直努力不懈的目標。大部分教師在這方面所投入的精力，可謂不少。但成效卻一直不太理想。沒完沒了的作文批改流程和無甚起色的學生表現，也曾經構成我教師生涯中頗不愉快的回憶。我相信這也是不少教師的共同經歷。

　　到底寫作教學應該怎樣實行才有成效，是一個值得我們再三思考的問題。在教育當局推出中國語文科新課程的時候，中華書局計劃出版這套有關寫作教學的系列，顯然有相當積極的意義。

　　這套書的主編指出，寫作教學要取得理想的效果，教師必須有周詳的計劃、明確的訓練目標，並要結合篇章教學，以寫作能力作為訓練和批改的重點。其中有明確的訓練目標，是非常重要的一項。這是從教師的角度而言的；而從學

生的角度來說，則是要有明確的寫作目標。

個人認為，香港寫作教學的一個普遍毛病，是「作文」的味道過於濃厚，「作」的成分多於實際表達的需要，在這種情況下寫成的文章，很難做到言之有物。學生為文造情，寫作動機和興趣往往不會太高，教師無論花費多大精力，「精批細改」，也不一定能吸引學生細心體味批改背後的原因。教師的精力時間往往花費了不少，卻得不到應有的效果。造成這個局面，往往在於我們沒有構思好一篇作文的真正用意，沒有結合學生的實際生活和經驗，寫作一些與他們關係比較密切，又使他們覺得有表達需要、有實際用途的文章。

我曾經見識過一所學校的英語寫作訓練，覺得教師的整個教學環節安排得靈活生動，讀、寫、知識學習等互相配合，作業模式實用而多樣化，很值得我們借鑒，不妨在這裏跟大家分享。

那所學校的英語教學有部分環節跟史地學科組合成綜合單元式教學，其中一個單元的主題是古埃及，有關埃及的歷史、社會制度、農耕物產、建築、宗教、文化、藝術等內容，部分在課堂上教授，部分作為閱讀內容，並配上相關作業，訓練閱讀能力。至於寫作教學，則有以下一系列不同性質和訓練重點的作業：（一）參考古埃及的灌溉用具，學生自行製作一台可以活動的水車，然後寫一段文字，說明水車

如何運作，以此訓練說明技巧；（二） 假如要在古埃及的市鎮開設一家飯館，根據已學過有關古埃及的農作物和牲畜飼養情況，設計一份菜單，以此訓練創意思維及表列手法；（三） 根據所學到有關金字塔、神殿、方尖碑及埃及文化藝術等資料，為埃及旅遊局撰寫兩段文字，向遊客推介古埃及遺留下來的歷史遺跡，以此訓練說明、描寫技巧及宣傳、說服等表達手法；（四） 在網上搜尋資料，在兵器、音樂、美術、宗教、建築等專題中任選一個，寫一篇專題文章，介紹相關內容，以此訓練閱讀、綜合、組織、報告等技巧；（五）模仿所學的英詩格律，結合古埃及人注重死亡世界的觀念，以木乃伊為題，創作詩歌一首，表達對於死亡、永生的看法，以此訓練抒情手法及詩歌創作技巧。

這種將專題教學、閱讀、寫作能力高度融合貫穿的教學模式，是中文教學界所少見的，實在令人眼前一亮。它的好處不但是形式多樣化，而且不同作業各有目的、作用和重點，彼此互相配合、互相補足；更重要的是它突破一般寫作訓練的框框，讓寫作不再是孤立的活動，學生不需要面對或抽象、或陳舊、或遠離生活的作文題目，搜索枯腸，無話可說。

探索寫作教學的新途徑，我覺得有無限可能性，問題只在於我們願意跨出多大的一步。現在有教育界同人作出寫作教學的新嘗試，實在是可喜的現象。

我跟慶華是中文大學研究院的同學，知道他一向對中國文化、對教學工作充滿熱誠。供稿的作者中，也有不少昔日的同門。現在他們共同為中文教學作出貢獻，探索寫作教學的新領域，中華書局同事囑咐我代為寫序，當然義不容辭。在港的時候雜務纏身，一直抽不出時間下筆。結果稿成於尼羅河上，當時正在埃及度假遊覽，五千年的古埃及文明令人驚歎折服，古埃及的寫作例子更加生動地浮現於腦海中……

陳瑞端教授

香港理工大學人文學院副院長

主編的話

　　中華書局為配合中學中國語文科新的課程需要，二零零三年已出版了《老師談教學：中學中國語文篇》，這次又出版一套寫作教學叢書，合共五本，包括了五種文體：記敍、描寫、抒情、說明和議論，定名為「中學寫作教與評系列」。每本書主要包括一篇有關寫作問題的短文、批改文章部分及一篇後記。寫作問題部分，主要是提出一些寫作上要注意的事項，或者我個人的想法，希望能引起老師注意和反思，有助他們訓練學生寫作；批改文章部分是全書重點所在，老師通過運用寫作能力作為批改重點來批改學生的文章，從而說明學生在寫作能力上的表現，讀者可以藉着這部分了解批改者的批改方法，並從批改者的建議中得到啟發。最後，我就着今次的主編工作說幾句話作為全書的後記。

　　過去多年來，我們教導學生寫作，出了題目後便用心教他們如何結構、如何用修辭、如何開頭結尾，可以說訓練的重點無所不包，然而，這樣的教法，有多大的成效呢？而老

師批改時，結構、修辭、錯別字、標點……無所不改，改了這麼多年，又有多大的成效呢？我覺得要提升學生的寫作能力，先要有一個周詳的計劃，每次訓練要有明確的重點，這樣的教學才會有效果。所謂有周詳的計劃、明確的學習目標，就是：先要定好每一級教甚麼，篇章之間的訓練重點要有關聯，年級之間又能銜接，而不是「東一拳、西一腳」式的訓練。我不知道有多少老師在教作文時，會有這樣周詳的考慮。或者我大膽地說，有時老師只是比較籠統地訓練學生，訓練的目標不太清晰，以致學生只是胡亂地堆材料，拉雜成篇。學生長期處於這種學習環境，很難提高他們的寫作能力。還有一個普遍現象值得注意，很多時候老師教篇章時，會提到每篇精彩的修辭及寫作技巧，但在作文時老師又不要求學生運用，這樣學生學到的知識便不能透過實踐轉化為能力，這是很可惜的事。

中文科老師最怕的要算是批改作文了。老師批改學生作文時，多是「精批細改」或「略改」，這是傳統的批改方式。這樣的批改，往往忽略了批改的重點。傳統的批改方式固然有一定的成效，但花了老師大量時間、心力，效果是不是很理想呢？這點大家心中有數，不必多說。現在我們嘗試用寫作能力作為訓練和批改的重點，試試這種方法是否更有效提升學生的寫作能力，而老師又可以省了時間批改，達到事半功倍之效。

　　我在這套書中，提出以寫作能力作為訓練及批改重點，對我或者對部分老師來說，都是一次新的嘗試。我今次邀請參與這個批改計劃的老師，都是有多年教學經驗的，他們抱着提升學生中文水平的心，在百忙中仍抽空參與了這項工作。在他們交來的稿件中，可以見到有部分老師初時仍不習慣這種批改方式，以致稿件要作多次的修正，而每次的修正都是如此的認真。他們的用心和工作態度，都是值得欣賞的。我在給每一位老師的信裏說，我們可以視這次是教學心得的交流，而不是要製造範本。我希望通過這套書，能使中文科老師興起試用新的批改方式的想法；希望老師可以用最少的時間，提升學生的寫作能力，而不是長期陷於毫無成功感的苦戰中。

　　這套書的每一本由十九位老師批改自己兩位學生的文章組成，文章要不同題目，批改時定出兩至三個能力點作為批改重點。換言之，兩篇便有四至六個批改重點。這樣讀者便可以看到多個不同的批改重點，評改同一種文體的方法。我本來打算限定每位老師用某種能力點來批改，但考慮到每位老師的教學環境不同，很難這樣規定，於是只把每種文體的特有寫作能力和各文體的共通寫作能力列出，請他們在當中找適合自己使用的作為訓練及批改的重點。這樣的安排，自然會有重複的情況出現，這也是不能避免的。以記敘文為例，全書有三十八篇文章，便應有最少七十六個的能力點，

但這是不可能的，既然不能避免重複，那倒不如讓老師多些自主權，因應實際的需要來選擇寫作的能力點。如果這樣，便會有可能出現某種能力多次被用作批改重點，而某些重點則沒有老師使用。然而，從另一角度來看，這種現象是否反映了某些教學上的問題呢？如果真是這樣，這是值得探討的問題。

我在內容結構中，列出「設題原因」和「批改重點說明」，請每位老師先說明為甚麼選這道文題、為甚麼選這些能力點，而每篇文章的批改，要對應「批改重點」，凡與「批改重點」有關的，都應該詳細批改；與重點無關的，則可以隻字不提。批改後，老師就着學生在寫作能力方面的表現提出建議。老師批改完同一種文體的第二篇文章後，要寫一段「老師批改感想」，談談在批改時遇到的困難和感受，這部分相信對前線的中文科老師會有一定的參考價值。

這套書的文章來自各老師任教或曾任教的學校，在得到學生和家長的同意後，我們才選用這些文章，這是尊重他們的創作權。我請老師挑選較有代表性的作品，但不一定是最優秀的作品，這樣會較易看出這種批改方法是否可行。

在這套書，我仍然用文體來分類，因為我覺得用文體來分類，無論對讀文教學或寫作教學都提供了方便。當然有人會覺得這是落後的做法，不是早已有人提出要淡化文體嗎？然而，我卻不同意這種說法。文體是經過長時間的醞釀才能定型，定型後便各有特色，彼此不能取代；各有各的功能，

彼此不能逾越。文體是載體，沒有文體便很難把寫作手法表現出來，例如我們不能只要求學生寫一篇說明的文字或者記敍的文字，而不給這些文字正名；用文體來分類是有必要的，只要我們看看古代的文體分類，便會明白個中的道理，我不想在這裏花太多的時間來討論。我將散文分為五類：記敍、描寫、抒情、說明、議論，這五類很明顯是用表現手法作為分類，這樣便會出現很多灰色地帶；於是又有人提出記敍、說明、議論三分已足夠的說法。這種分法自有一定的道理，但也不足以解決分類的問題，主要的原因是這幾種仍是表現的手法。可以說，到目前為止，各種分類的方法都存在着不同的問題。既然如此，便不妨沿用大家熟悉的表現手法，作為文體的分類，最低限度我們可以較清楚說明每一種文體的寫作特點。

　　我主編這套書是出於堅信這樣的批改方法是可行而有效的，正因為這樣，這套書除了提供一套批改作文的方法外，還起着交流心得的作用。讀者可以看完這套書後試行這套方法，又或者看完後有自己的想法，又或者看完後仍沿用「精批細改」……總言之，無論結果怎樣，只要是它曾經引起過讀者的反思，它便已發揮了作用。我當然希望讀者在反思後，能設計出更有效的批改及教學的方法。

劉慶華

批改者簡介（按姓氏筆畫排列）

王敏嫻，畢業於香港中文大學中文系，後取得教育學院教育文憑及教育碩士，主修課程設計。現為聖公會白約翰會督中學副校長。於二零零三年借調香港教育統籌局課程發展處中文組，擔任種籽老師，協助新課程發展。曾於《老師談教學：中學中國語文篇》，發表〈可望可遊可觀可留的文學教育〉。

余家強，畢業於香港浸會大學中文系，獲文學士榮譽學位，後取得香港大學專業教育證書。現任教於佛教何南金中學，主教中文科。

呂斌，香港中文大學中文系文學士、碩士，教育文憑。曾任天主教鳴遠中學中文科科主任、香港考評局教師語文能力評核科目委員會委員。

林廣輝，香港大學文學士、教育文憑，香港中文大學教育碩士。曾任課程發展議會中學協調委員會委員、香港考試局中國文學科科目委員會委員、大埔區中學語文教學品質圈導向委員會成員。現為香港道教聯合會圓玄學院第二中學校長。

胡嘉碧，先後畢業於香港中文大學中文系、教育學院及研究院，取得榮譽文學士學位、教育文憑及課程教育碩士學位。曾為宣道會陳朱素華紀念中學中文科科主任及香港中文大學教育學院中文科教學顧問。主要研究興趣為中國語文課程改革及資訊科技教學，曾參與香港教育學院中文系何文勝博士的「能力訓練為本：初中中國語文實驗教科書試驗計劃」。

孫錦輝，畢業於香港浸會大學中文系。現任職於迦密唐賓南紀念中學，任教中文及普通話科。

袁國明，畢業於香港嶺南學院中文系，後獲北京大學文學碩士、香港中文大學教育碩士、香港中文大學教育博士。曾任教於多間中學、香港教育學院。現任明愛屯門馬登基金中學校長。曾任香港課程發展議會課程新措施發展委員會委員、香港中文大學教育學院名譽學校發展主任、優質教育基金計劃外聘監察員、香港中文大學教育學院《夥伴航》編輯委員、新亞洲出版社中學中國語文教學顧問等。此外，具有豐富撰寫各類型計劃書經驗，已成功申請各類型計劃達十多項，包括各類型教統局計劃、優質教育基金計劃、香港藝術發展局計劃等。

袁漢基，香港中文大學中文系哲學碩士。曾任西貢崇真天主教中學中文科科主任。

郭兆輝，一九八零年畢業於香港中文大學，二零零零年獲香港中文大學教育行政碩士學位。現任元朗公立中學校長。

陳月平，一九九六年畢業於香港中文大學中文系，二零零零年完成香港中文大學歷史學部碩士課程。自大學畢業後，一直任職中學老師，主要任教中文科及中國文學科。

陳傳德，香港嶺南學院文學士（中文及文學）。現為仁濟醫院王華湘中學中文科老師。

彭志全，台灣師範大學國文系文學士。曾修讀香港中文大學中文系哲學碩士課程，後取得香港大學教育學院教育文憑。曾任教於佛教大雄中學。從事中學中文教學約二十年。

楊雅茵，畢業於香港大學中文系。畢業後從事教育工作，現於博愛醫院鄧佩瓊紀念中學任教，並於二零零一年完成香港中文大學教育學院兩年兼讀制學位教師教育文憑課程。

詹益光，畢業於香港中文大學中文系，後取得教育文憑、文學碩士、文學博士。現任教於東華三院黃笏南中學，曾任地區教師網絡交流計劃項目負責人。

劉添球，一九八一年畢業於香港中文大學中文系，曾獲崇基學院玉鑾室創作獎。畢業後先後任教於聖貞德中學及新亞中學。其後轉職廣告界及商界，任廣告撰稿員及業務發展經理。一九九一年重返教育界，現為樂善堂梁銶琚書院副校長，負責校內行政及學務發展。

歐偉文，畢業於香港中文大學中文系，後取得香港中文大學教育學院教育文憑。現任路德會呂明才中學中文科科主任。

歐陽秀蓮，畢業於香港浸會大學中文系，後取得香港中文大學教育學院教育文憑。現任職中學教師。

潘步釗，香港浸會大學文學士，中山大學文學碩士，香港大學哲學碩士、哲學博士。曾任課程發展議會——香港考試及評核局中國語文教育委員會（高中）特聘委員、香港藝術發展局文學顧問。現為裘錦秋中學（元朗）校長。

蔡貴華，先後畢業於香港中文大學中文系及香港能仁哲學研究所，獲得文學士及哲學碩士學位。現為寶血女子中學中文科科主任。

導論：主線的運用

　　談到記敘文，大家很容易想起「六何法」，有時甚至特別強調這是記敘文不可缺少的元素。而事實上，大家都知道，具備了「六何」也不等於是一篇記敘文。我們在夢裏的故事，零零碎碎，片段間甚至沒有任何關係，然而卻符合「六何法」；精神有問題的人，說話語無倫次，但也可以包括「六何」。這就說明了具備「六何」也不一定是記敘文了。那麼，記敘文應該具備甚麼條件呢？我認為除了「六何」外，還要加入一項重要的元素——主線的運用。

　　要寫好記敘文，必須懂得運用主線。我們教學生運用主線的時候，要注意貫穿全文的場景，使場景統一起來，就像一條繩將幾個銅錢穿起來一樣，成為一個整體。這樣文章的條理便清晰，結構完整而不鬆散。

　　運用主線成功的例子，可以在古典文學和現當代文學中找到。我常愛用蔣捷的〈虞美人〉來做例，說明如何巧妙地運用主線。蔣捷〈虞美人〉云：

　　　　少年聽雨歌樓上，紅燭昏羅帳。壯年聽雨客舟

中，江闊雲低，斷雁叫西風。　而今聽雨僧廬下，鬢

已星星也。悲歡離合總無情，一任階前點滴到天明。

這首詞寫了人生三個不同的階段：少年、中年和晚年，三個不同的場景：歌樓上、客舟中和僧廬下。作者只是概括地寫出這三個時期的生活，而沒有深入描述，這是體裁的限制所致。在詞中，有作者自己：少年、中年和老年，這個「他」因為年齡的轉變，出現在三個不同的場景，形成了前後的對比。蔣捷沒有用自己作為主線，而用了「聽雨」，三個場景主要就是靠「聽雨」串起來。三個場景寫出三種不同的生活，給讀者三種不同的感覺，同時，讓讀者體會到他心境的轉變。最後，加上自己的感受作結。其實他不用「聽雨」也可以，我們試刪去「聽雨」而補上「飲酒」、「讀書」、「灑掃」，看看有甚麼效果？同樣是三個場景，有對比作用，然而卻少了一條明顯的主線，同時，也缺少了一種趣味。這時，我們才覺得「聽雨」的重要，它是全詞的靈魂，蔣捷運用主線的手法很高明。

茅盾的〈白楊禮讚〉也是一篇運用主線成功的作品。在作品中，茅盾用「白楊樹實在不平凡的」一句作為全篇主線，把全篇幾個段落串起來。他先寫白楊樹生長的環境，然後引出白楊樹；由寫白楊樹的外形到寫白楊樹的氣質，繼而從寫樹轉到寫人，讚美了北方抗日的軍民的特質、精神。作者運用主線在文章中做起句、過渡、小結，可以說全篇的結

構脈絡非常清晰，是一篇好的範文。

秦牧寫過一篇〈榕樹的美髯〉，他就用這個標題來作為全篇的主線，把各個段落串連起來。他先寫榕樹是南方植物的代表，繼而帶出這種植物最吸引人的地方是它的氣根，像老人的鬍子。因為這些氣根，使它成為「樹木家族」的巨無霸，原因是當它的氣根一接觸到地面，便會變成樹幹。他舉出孟加拉的一個榕樹獨木林、廣東新會「鳥的天堂」、在鄉村兒童玩耍的穹窿門為例，來說明榕樹氣根的奇妙，跟着寫榕樹的特質，並和中華民族的歷史連在一起；最後，寫他在南海西樵山見到的老榕樹的氣根，抒發了他個人的感想。這篇文章的主線運用得很妙。

有一次我和朋友提到退休的問題，真想不到聽他的一席話，竟然就像讀了一篇記敘文一樣，很有趣。我的朋友說，因為工作的關係，要到不同的地方出差，有一年到了北京，剛巧是中秋節，他在天安門廣場看着滿月，心裏有無限的感慨；又有一次，他到了澳洲的黃金海岸，在一個十五月圓之夜，看着高掛的滿月，竟想起家來，怪難受的；又有一次，他到了美國的芝加哥，同樣是十五月圓之夜，喝着啤酒看月，那種感覺不太好受。最後他說，如果有可能，將來退休，還是到北京去。我聽後便問他：「為甚麼要到北京，你不是接受西方教育的嗎？你不是應該回澳洲嗎？」他聽了，長歎一聲說：「始終自己是中國人。」他稍停，然後興

高采烈地說：「你去北京看看，到處都是值得人留戀的，就以文化而論，腳下的石頭，可能也大有來歷，只要你在上面走，便有一種奇妙的感覺，總之，這種感覺是其他地方沒有的。」當時，我聽見他這樣說，便開他玩笑說：「你真像在做文章。」我見他有點尷尬，便連忙解釋。我對他說，我們寫記敘文的一個重要手法便是運用主線，而他剛才的話，正是運用了這種手法。他聽後高興地笑了起來。我只要把朋友的話的每個環節，稍加鋪寫，用「看月」作主線，最後寫自己的感受，便可以成了一篇結構不錯的記敘文。

我試過讓學生仿蔣捷〈虞美人〉的結構寫一篇記敘文，效果很好，這主要是他們已懂得運用主線。文章中的某件事，人物的感情、表情、行為、甚至某句話，都可以作為文章的主線。不過，選擇主線要注意到它是否前後統一。還有一點，我想提一提，我們除了教學生運用主線外，還可以教他們分主次、詳略，在應該鋪寫的地方儘量描繪，應該簡略的地方要留出空間，這樣才能使文章有姿態。而像蔣捷的情隨景遷的方法，只要我們和學生討論時，稍加點撥，他們自然會明白和懂得運用。

劉慶華

我想對你說

年級：中四
作者：陳雅燕
批改者：王敏嫻老師

設題原因

1. 題目着重「你」字，以「你」為中心，記人為主。

2. 題目置一「你」字，運用較不常用的第二人稱來寫的記敍方式。

3. 應靈活運用各種敍事手法和人物描寫的手法。

批改重點

1. 倒敍和插敍手法。

2. 人物的肖像、行為、説話描寫。

3. 抽象感情的具體化。

批改重點說明

1. 倒敍法和插敍法如何馴熟地運用。

2. 人物描寫的多樣化，有利於令人物立體地呈現。

3. 抽象感情利用比喻使之具體化。

批改正文

　範文　　　　評語　

範文	評語
獨自一人時，腦海不時會浮現出你來，你在我心中佔了很重要的位置。你那慈祥的臉、和藹可親的笑容，以及和你一起零零碎碎的片段，不得不叫我想起你——我的好婆婆——轉眼間，你又消失了，怎樣也想不起來，就好像找東西一樣，你不需要它的時候，它總出現在你眼前；但想找的時候，則任由你多努力，卻又消失無蹤，找也找不着。	● 利用倒敘法自然地入題。● 婆婆的可親形象鮮明。● 利用比喻技巧，把抽象的情感寫得具體，易於感染讀者。
相片，令我回憶起和你一起的日子。有一次，我哀求你與我一起捉迷藏，起初你不願意，但見我那楚楚可憐的樣子，你的心變軟了，向我投降，陪我玩。你來找我的時候，一不小心，被門前的乒乓球滑倒，跌在地上，當你痛苦地呻吟時，我只好跑到	● 由相片引入回憶，插入與婆婆相處的往事，往事隱隱蘊含着作者的思念。● 利用婆婆因作者而跌倒的事，借行動和對話，與自己的驚慌作對比，進一步描繪婆婆的慈祥和藹，對作者充滿愛心，更深入表達作者對婆婆的敬意。

你跟前，心急如熱鍋上的螞蟻，不知如何是好，我的眼淚如雨下，你還是依舊對我微笑說：「不用怕，不用怕。」媽媽跑過來，動作迅速地把你扶起，只見皺着眉頭的你，一拐拐地走，我就知道一定是痛入骨髓，你還能笑着安慰我。我真想對你說聲謝謝。

你的腳傷痊癒了，但我就要離開你而到城市生活。這是我第一次離開你，也是最後一次見到你和藹可親的笑容了。夏季某一天，電話在晨光熹微的早上響起，過了一會兒，媽媽連忙叫醒全家，我從睡夢中醒來，得知消息，眼淚如泉湧而不能止。回到故居，各人的心情沉重，天色灰暗，你安詳地躺在牀上睡着了。

● 過渡句簡練非常，以一句說話，就把婆婆受傷和作者離婆婆而去的兩件事交代。而埋下這是「永遠的離別」的伏筆。

我有時真的很後悔，後悔離你而去，不能陪伴着你；後悔對你不夠好，後悔沒有跟你說聲謝謝……現在

● 婆婆的腳傷，統貫三段，可見這已成了作者永不褪色的傷痕。作者對婆婆的崇敬與懷念不言而喻。

後悔也沒有用，事情已成過去，不能挽回，人總是做錯事後，才會後悔，但那時已經不能改變事實。

　　真的好想你啊！千言萬語在心中，但一時間不知如何說起。但我仍然想對你說聲謝謝。謝謝你對我的照顧，謝謝你對我的關懷，謝謝你讓我有了美好的童年。

● 結段與首段呼應，無限的思念，想念得太甚，就是首段中，回憶常常難以搜索之因。● 回應主題，美好的童年，就是婆婆給作者最大的禮物。

總評及寫作建議

　　本文以記人為中心，記敘與抒情結合，感情宜自然。倒敘法和插敘法運用馴熟，首段先用比喻，把自己對婆婆的思念和常難以回憶起來的無奈感托出，把抽象感情利用比喻使之具體化，思想便如在敘事與意念間穿插，更易令讀者領會所感。然後在第二段才以相片引出往事，自然不露痕迹。

　　人物描寫的多樣化，作者把婆婆對作者無微不至的偉大形象，寫得立體，鮮活地重現眼前。

　　記人宜具真情實感、真情流露，勝於表面鋪陳。能深入記好一事，以小見大，勝於千言萬語。

旅行追憶

年級：中三
作者：徐嘉鈴
批改者：王敏嫻老師

設題原因

1. 學生在中三時學習插敍法，這篇作文是「記事和記人」單元裏的練習作品。

2. 同學於作文前，曾由老師導讀課文林海音的〈爸爸的花兒落了〉、魯迅的〈風箏〉，又略讀了琦君的〈媽媽的手〉。

批改重點

1. 插敍的運用。

2. 人物心理的描寫技巧。

3. 掌握景物與氣氛的渲染。

批改重點說明

1. 學生一般感不易駕馭插敍手法：何時要加入往事？如何過渡？都很難精要掌握。現對本文作重點批改，以幫助同學了解本文如何運用這種手法。

2. 人物心理描寫能在記敍文中加添文章的深度，故不宜輕略。

3. 景物和氣氛是描寫人物心理、抒發感情的好「工具」。

批改正文

 範文 　　評語

　　十一月二十五日是「旅行日」，天朗氣清，我們準備到大美督燒烤，人人挽着大包小包的，炭呀、叉呀、食物呀，浩浩蕩蕩的，活像走難似的，上了車去。

● 扣題入題，避免花掉太多文筆——如不寫旅行前的準備，不寫在學校集合的情景——令主題集中。

　　一下車，叫着嚷着，好不容易才佔到一個爐子生火。男同學個個汗流浹背，這個煽風，那個點火，我則負責捲報紙給他們生火。忽然，我好像想起了些甚麼，一雙手仿佛變小了，怎樣回事呢？

● 保持簡潔的敘事風格，以免旁枝太多。到達目的地後，立刻由生火一事返到回憶之中。● 過渡句雖略嫌生硬，但也能流暢地將往事連結起來。

　　啊！我想起了。那時正是我小學三年級的最後上學天。之後，我便轉校去了。那天是「遊戲日」，我們分組比賽用報紙疊「高樓大廈」，看哪組的報紙柱疊得最高。我也負責捲報紙的……後來柱倒了，一個同學安慰

● 由記中三級的旅行，插敘小學三年級的旅行。兩者的相通處，不單是「旅行日」，而同是一次惜別旅行。昔者是自己，如今是同學。「友誼倒不了」一語，不單是記述，也把作者心中最掛念，

我說：「柱倒了，友誼倒不了！」不少同學湧到黑板前，爭相寫下對我的祝福。但友誼還是倒了，隨着我的長大，他們又有多少個仍然記得我呢？恰巧今年我班又有一位同學將要移民美國，我們的友誼又可會……

別淨想這些。正因為這是最後一次和她旅行，所以要玩得特別高興，在她下月走前，給她留下一段美好的回憶。

天氣開始悶熱起來，在這樣的環境下燒烤，頗不好受。肚子正在咕嚕地響，食物卻像永遠燒不熟透，正自不耐煩，忽然想起小學四年級時，我也來過這兒旅行。我和同學曾經在海邊一起吹吹海風，放放風箏，高呼：「高點！高點！」……我把那煩厭的燒烤叉交給我身旁的同學，獨個兒走到海邊去，重拾當天的歡樂……

也最介懷的事——「友誼」道出，這便是心理的描寫。

● 由回憶返回眼前事。補敍一下即將離作者而去的同學的事。

● 重訪故地，令作者又進入另一段回憶之中，作另一次的插敍。● 此段作者的過渡手法較第二段順暢自然，且利用情景描寫，渲染昔日快樂的氣氛，也隱隱與當日悶熱得令人不耐煩的天氣作對比，透視作者當時因惜別而顯得較煩重的心情。

海是白茫茫的一片，不那麼漂亮了；風又濕又熱，不那麼涼快了；風箏只有低低伶仃的一隻，不那麼熱鬧了。而那清脆的笑聲又哪裏去了？我不是和她很熟絡了嗎？我不是常和她一起，小息時吃東西、談天的嗎？怎麼足有兩年沒有聊過天、見過面呢？我歎了口氣，別過臉去，只見那將要移民的同學把外套披在頭上，木無表情地燒烤。她到了美國後，可會也感到寂寞？可會感到孤單？她可會記得我們？而我們，又會否把她遺忘呢？

想到哪裏去了？同學們已經「搶球」去了。我掉下那一個個的問號，本想迎着他們走去，但見那將要離我們而去的同學，仍是那模樣兒，沒精打采的，我便伴她到附近的石椅坐下，聊聊天。

● 這段的環境描寫不俗，能做到借景抒情。海不漂亮、風又熱濕、連風箏也是伶仃的，顯明作者的愁懷。風箏的描寫，既是實景，也顯然受了魯迅〈風箏〉的影響。

● 此段回應第三段「友誼」二字，究竟分離是否真的不會令「友誼倒不了」？作者的懷疑，由昔日的一段情而生，也影響現在她如何看與同學的友誼和分離，從中便透露作者當下的心理：「同學的離別，也意味着友誼的快逝。」心聲充滿無奈之感。

● 利用與即將離別的同學的對話，透露各自的複雜心情。離別的同學「一語相關」，既不想在旅行時到處「走」，也利用廣東方言到處散步的「走」與離別的「走」同音，表達同學的離別依依。而照相機所留

「怎麼不到別處走走呢？」我問。

「我很累，不想走。」她說。

我默然。我取出照相機，為她拍下了兩幅照片，留下這段記憶，記下此時此刻的友情。

回程了。我拖着疲累的身軀上車去。不知是誰唱起歌來，我和同學們都引吭高歌。一首首驪歌響遍車廂，蘊含了無限的祝福與心意。她被感動了。或許，她和我們的友誼，真的永遠不會倒。

我心中冒起一個念頭來——何時重拾那些褪了色的友誼，為它們再添點色彩？

下的記憶，是作者重新面對第六段那些複雜心情與對「友誼」的懷疑後，總結出自己還可以做的事——珍惜眼前，留下美好的回憶。

● 結段寫全體同學引吭高歌，正是第七段作者複雜心情得到寬解的延續。故盡情享受當下擁有之餘，也重拾力量，希望可以尋回那些「褪了色的友誼」。

總評及寫作建議

作者利用「友誼的褪色」為中心主題，穿插於旅行今昔之間，能抓住何時插入往事，也有適當的過渡。

人物心理描寫利用了人物的小動作與不經意的說話，把人物的心理表露出來，加添文章的深度。如作者利用兩句對話，就已把兩人的心情和盤托出。

景物和氣氛是描寫人物心理、抒發感情的好「工具」。利用景物和氣氛，故事的發展、人物的情緒和結局的預示都可借景而為。此外，小量的模仿也有助同學進一步掌握這種方法。如本文作者借用了魯迅筆下「伶仃的風箏」，但並不死搬，而且切合情景，用得自然合度。

老師批改感想

　　記敍文可謂中學生最擅寫的文類，但卻易寫難精。如寫作訓練能結合閱讀欣賞訓練，鼓勵學生模仿作家的筆法，雖不免斧鑿之痕，但卻能令學生了解記敍文不同於口述記錄，不宜巨細無遺地、毫無意識地寫。定題目時，如能規限學生必須利用若干手法，可訓練學生寫作的意識。寫作完畢後，不妨給予創作評改要求，讓學生自我批評，加強作文時「有意而為」的意識。老師批改時，也宜對學生的選材、剪裁、結構、手法的運用等多加分析，指出好處，讓學生也能得到「知音」，增加寫作的信心和動機。

記一次被人作弄的經過及感受

年級：中四
作者：陳建安
批改者：余家強老師

設題原因

1.「記一次 xxxxx 的經過及感受」這類填空題目常見於中學會考試題，多練習、多接觸可訓練學生應付該類試題。

2. 該類題目包含記敘及抒情兩部分，既可訓練學生記事能力，也可訓練寫情手法。

3. 學生對此類題目雖有一定掌握，但熟練程度不足。

批改重點

1. 倒敘手法入題。

2. 人物描寫多樣化。

3. 能利用比喻手法表達抽象感情。

批改重點說明

1. 學生大抵已能掌握順敘法，而倒敘法則鮮有訓練，故在此文加入是項要求，增加訓練。有效地運用倒敘法入題，可避免文章故事平鋪直敘，亦可製造一點懸念吸引讀者。

2. 學生描寫能力較弱，詞彙匱乏，故對人物描寫多較

平面。在本文加入此項訓練，使文章所敍述的人物形象更鮮明、更立體。

3. 學生描寫抽象感情較弱，故須多加訓練。能利用具體事物情態比喻抽象感情，使讀者更易理解作者之心情。

批改正文

範文 　　評語

我自小便是一個孤單寂寞的人，雙親在我兒時已離我而去，沒有任何親人願意照顧我，我不得不進入孤兒院生活，在孤兒院裏我沒有任何同伴，朋友對我而言更是奢侈品，在我生命裏只有我自己孤單生活，孤獨是我唯一的伙伴。

「她」在我生命中烙下一個永不磨滅的傷疤，使我心靈受創。

● 利用倒敍法自然地入題，引起讀者追探原因的興趣。

上中學時我沒有任何的朋友，老師不關心我，同學厭惡我，逐漸我也討厭自己了，對我不離不棄的仍然是孤獨與自卑。

● 由回憶中帶出女主角的肖像描寫，使其形象較鮮明。

直至有一天，當我遇見她，她使我內心燃起有生以來的溫暖，她是我隔班的女同學，樣子有說不出的美，一股懾人的氣質，尤其是她一頭秀麗的長而黑的髮絲，使我十分難忘記她，因為她給我一種親切的、猶如母親的感覺，彌補我自小失去的母愛。

後來，我們開始認識對方，並逐漸地有聯絡，她是我一生中唯一的朋友。後來，我鼓起勇氣向她表白心意，想不到的是這件事順利得很，她答應了我的要求，並和我談起戀愛來，這使我感受到被關懷的感覺，是我出生至今沒有感受過的，十分難忘。

有一次，我在街上看見她和另外一個男孩子摟纏在一起，態度親昵，霎時間我的心顫了一下，我心裏有說不出的難受，我不知如何面對也不敢面對這事實。當時他們在我身邊擦身而過，她還向我瞥了一眼，露出討

● 利用明喻，使抽象感覺較為具體，使讀者明白筆者為甚麼會迷戀「她」而不能自拔。

● 利用明喻，使抽象的痛苦感覺較為具體。

厭而又恥笑的表情。我心中頓時被妒火燃燒起來，難受得很，仿佛心中直插了一柄尖刀。此後，她再沒有見我了，「情」就這樣完結了。

事後，我才知道我被作弄了，原來她是「情場殺手」，是一個愛玩弄感情的女孩子，她這次離我而去使我受了極大傷害，猶如被父母拋棄一般，再一次大受打擊。她空有一副純情的外表，內心卻是水性楊花。

● 插敍補充一些有關「她」的性格資料，使女角形象較立體。

我再次「打回原形」，唯一陪伴我的仍然是空虛和寂寞。自從發生這件事後，我產生了後遺症，不敢與人交往，尤其是女生，我心裏更加寂寞、更加傷心。我感到被所有人戲弄了，我對所有人都失去了信任，我變得更自卑、更寂寞，我被世人拋棄了。想着想着有一股生不如死的感覺，心裏難受得很。

● 利用明喻，使抽象的被拋棄的痛苦感覺較為具體。

總評及寫作建議

　　本文以記事為主，夾雜有人物描寫及與抒情結合，感情統一自然。文章做到寫作前訂立之要求，首兩段利用了倒敍法插入故事梗概及為整篇文章定下主線感情。第三至六段先後用肖像描寫及行為描寫帶出「她」的形象。再利用比喻把一些較抽象的感情具體化，把「她」對自己的玩弄一事細緻說出來，第七段利用插敍加入相關資料，補充內容，更易令讀者明白事件。第八段總結情緒，自然不露痕迹地與首段所設計的「孤單寂寞感」相統一。

　　人物描寫的方式很多，例如肖像描寫、言語描寫、行為描寫、直接或間接描寫等。學生可依據文章內容選取，要把人物寫得立體鮮明，必須熟習各種手法。

　　感受宜具真實情感，而感情雖是複雜，但在寥寥數百字之文章中不宜展開太多頭緒，宜選定一種情感貫穿全文。

記一次參與學校「清潔日」的經過及感受

年級：中五
作者：劉素雲
批改者：余家強老師

設題原因

1.「記一次 xxxxx 的經過及感受」這類填空題目常見於中學會考試題，多練習、多接觸可訓練學生應付該類試題。

2. 該類題目包含記敍及抒情兩部分，既可訓練學生記事能力，也可訓練寫情手法。

3. 學生對此類題目雖有一定掌握，但熟練程度不足。

批改重點

1. 第一人稱敍事手法。

2. 利用「首尾呼應」方法入題及結束。

3. 情節的處理能力。（開端－發展－結尾）

批改重點說明

1. 有效地運用第一人稱敍事，是應以「我」作為事件發生主角，敍事角度亦只是圍繞「我」而出發，予人感覺較為單一，不夠全面。而好處是除可記載客觀的事實外，亦可深入作者的內心，利用「心底話」表達深層感受。因為這種手法無論在人稱及敍述上學生都較易掌握，故希望加強訓練。

　　2. 因為在中四的課堂上曾提及「首尾呼應」之運用，所以打算於本文練習。利用「首尾呼應」方法入題及結束，好處是可加強文章所表達之訊息，令讀者印象深刻。

　　3. 情節的處理能力是寫作記敘文能否吸引的重要因素，所以本文要求學生把事件按開端－發展－結尾等三部分寫作。

批改正文

範文 　　　　評語

範文	評語
一次的活動，令我體會到互相幫助、齊心合力，定能成功這道理。	● 首段指出由活動中學習而成功的道理，呼應末段相關訊息。
還記得上星期三是我校一年一度的「清潔日」。我一早起牀，懷着興奮的心情換上便服，準備回校為這校園美化清潔一番。每天早上我都有個習慣，便是在回校前，到樓下的公園去呼吸一下清新的空氣，我邊走邊細看四周，啊！多麼潔淨！一點兒垃圾也沒有，這更令人心曠神怡，分外舒暢，我的心情就和天上的陽光一樣，活力充沛。	● 利用第一人稱「我」描述事件，符合批改重點 1：第一人稱敘事手法。

當我回到學校的大門時，只見四周都掛上「清潔日」的宣傳單張，門內亦有不少同學在進行呼籲，令校園內充滿一片「大掃除」的氣氛和喜悅。我急不及待與好同學 —— 一心相見，因她數天前病了，沒有上學，到了今天才痊癒上學，她也是一個愛環境清潔的女孩，正好趕得及回校參加活動。

● 事件情節的開端：學校舉行「清潔日」。

我踏入學校，進入操場，四周的人也議論着，我看見一心站在小食部旁邊，我滿帶笑容的走過去，我倆同一時間說：「今天很熱鬧！」鈴聲響起，步入教室，只見四周凌亂，令人討厭，我與一心頓時失望下來。

● 事件情節的發展：事件順應發展，承接上文。

老師與同學一齊分工合作，各有各忙。大家都手忙腳亂地清潔，沒有人不作出貢獻，只有向華坐在椅上不動不幹。最可惡的是，他還將別人清潔了的地方再一次弄髒了，簡直罪大

● 事件情節的發展：事件在順應發展中產生變化，製造矛盾引出高潮。● 利用第一身敍事角度描述人物內心世界。

惡極。突然，嘭！一聲……那震耳欲聾的聲音令人心寒，大家都停下手上的工作，而向華亦停止了他可惡的行為。原來，是一心的桌子被推在地上。她以鄙視的眼光凝視着向華，她平時那天使的面孔忽然變成了魔鬼般兇惡。誰知向華竟無視一心，繼續搗蛋。一心崩潰了，她破口大罵，罵得連向華也自覺羞恥，最後一心亦罵得忍不住落下淚來，她的面因盛怒而變得通紅。向華再不敢搗亂了，只站在門外。我心想，向來溫柔的一心忽然變成另一個人似的，她內心一定十分不快；但她這激烈的行為，也許對向華會造成傷害。我稍一定神之後，走上前安慰過一心，跟着便與一心走前向向華說聲對不起。向華亦似有悔過之心，感到羞愧，自覺地拿起抹布。

原來向華一直做事都欠缺信心，

他害怕做得不好而受指責，所以故意裝出一副滿不在乎的樣子。經過我和一心的鼓勵後，向華也愈幹愈起勁。

最後，我們把整個課室清潔得一乾二淨。還奪得本年度之「課室清潔大獎」。我與一心、向華亦因此而成了好友。

在這次的清潔活動當中，我學會了「齊心合力」這道理，正所謂：「團結就是力量。」「世上無難事，只怕有心人。」做任何事也應全力以赴，做到最好，這才是做人應有的宗旨。

● 事件情節的結尾：解決矛盾，有一個令人滿意、感到舒服的結局。

● 與首段呼應，加強「互相幫助、齊心合力，定能成功」這道理。

總評及寫作建議

　　本文以記事（學校清潔日活動）為主，夾雜有人物描寫及與抒情結合，敍述統一自然。文章做到寫作前訂立之要求，以第一人稱作敍述角度，而首末兩段利用了「首尾呼應」突出主題，文章亦有一些心底話交代思想，而情節尚算肯花心思佈局，簡單佈置了一組人物矛盾來製造高潮，末段亦能作一合理的解決。

　　事件經過是全文重點，但如一大段文章都是單一純粹的記述經過，也顯得索然無味，而最後才加入感受也會令人感到突兀。同學可考慮嘗試一邊記事，一邊抒懷。

　　人物描寫的方式很多，例如肖像描寫、言語描寫、行為描寫、直接或間接描寫等。學生可依據文章內容選取，要把人物寫得立體鮮明，必須熟習各種手法。

老師批改感想

　　記敘文是中學生最早學習和訓練的文類，但不是人人懂得寫一篇生動而有真感受的記敘文。而學生往往把事件的所有資料一股腦地寫入文章。學生應於審題時列寫大綱，依據全文的感受組織每段內容大意，幫助自己篩選材料之餘，還可以統一文章情緒，增加感人效果。題目內容着重「被人作弄」，以「經過」為中心，輔以「感受」抒懷。記敘及抒情方式可以獨立分寫，也可以邊記事邊寫情。事件經過是全文重點，但如一大段文章都是單一純粹的記述經過，也顯得索然無味，而最後才加入感受也會令人感到突兀。同學可考慮嘗試一邊記事，一邊抒懷。

記「戶外學習」活動

年級：中一
作者：王錦嫦
批改者：呂斌老師

設題原因

　　這是學生參加學校的「全方位學習日」活動之後的跟進習作之一，在此之前學生曾學習了「記敍文」和「觀察與描寫」兩個單元，已掌握記敍的要素和如何細心觀察身邊的事物。此習作的設計目的，就是希望學生能綜合運用所學的寫作技巧。

批改重點

　　1. 運用記敍要素的能力。

　　2. 細心觀察的能力。

　　3. 運用各種修辭技巧。

批改重點說明

　　1. 記敍的要素（時間、地點、人物和事件）是寫好記敍文的基本條件，掌握好這一能力，亦有助於提高學生的聆聽、說話能力，所以特以此作為批改重點，評核學生是否已真正掌握之前所學。

2. 全方位學習活動的其中一個目的，就是配合「觀察與描寫」單元教學，訓練學生敏銳地觀察各種事物，所以本文亦注重審查學生是否能細心觀察各種人、物。

3. 學生從小學時已不斷學習各種修辭技巧，但往往限於認知、判斷，未能真正運用出來。故本文以此為批改重點，希望鼓勵學生運用已學會的知識。

批改正文

 範文　　　　　 評語

今年的三月十五日是我們中一級學生到獅子會自然教育中心進行戶外學習活動的大日子。這天，陽光普照，實在是參觀景點的好時機，同學們都帶着興奮的心情回校。

● 開宗明義，直接介紹活動的時間、地點、對象（人物）、事件。

大約八點三十分，我們開始向目的地進發。到九點的時候，我們已置身於「美果園」之中。這裏真的很合我的心意，因為我最喜愛吃水果了，而且周圍的花兒以及樹上的果實好像都在向我們招手。一陣微風吹來，樹

● 進一步具體交代活動的時間、地點。● 能運用視覺、味覺等感官，仔細觀察果園的特色，表達時運用了明喻、誇張的修辭技巧，增添了文章的美感。● 適時加入自己的心理，令文章增加可讀性。

上的果實散發出清香、甜蜜的味道，令人垂涎三尺。我一邊走，一邊細心觀察、欣賞：星星般的楊桃、橢圓形的枇杷……這世界的果實真的可謂多彩多形，不知它們的味道是否也一樣吸引呢？如果可以嘗一口那就好了。

隨後，我們又到了「貝殼館」。那裏有許多色彩鮮艷的貝殼，而且形狀各異，有些更是我從來沒見過的。老師說那些貝殼是很罕有的，所以同學們都看得特別仔細，似乎也忘記了室內的悶熱。

● 以「隨後」交代地點的轉移。● 觀察的對象不限於事物，同時能兼顧身邊的同學。

不過，令我印象最深刻的卻是「竹林」。那些清新的翠竹長得很茂盛，它們的表面都很光滑，身體卻很堅固挺直，就像頂天立地的君子！聽老師介紹，我才知道原來它們又分成許多不同的種類呢！我合上眼睛，細心感受竹林的寧靜，真的舒服極了。

● 過渡自然。● 能細心觀察到竹的最大特點，並用明喻句表達。在記敍事件的同時，能適當加入自己的感受。

這次活動真的令我大開眼界，我發現身邊的植物和物件都有獨特的長處，只要細心觀察，就會有更大的收穫。如果我們可以不斷地發掘身邊的新事物，就會不斷進步。

總評及寫作建議

全文的記敍有條不紊：活動的時間、地點、人物、經過等交代清晰，同時能選取重點，剪裁詳略得宜。在記敍活動之餘，適當加入個人感受更是值得嘉許。

在觀察方面，從文中的描寫部分可見作者對於當日所接觸的人、物都能細心觀察，並能運用不同的感官描寫表達出來。

作者尚能運用修辭技巧增添文章的美感。不過，本文的修辭多限於明喻，欠缺變化，宜加入或改用一些其他已學的修辭技巧，例如文中第四段的「身體卻很堅固挺直，就像頂天立地的君子」可以改為暗喻——「身體卻很堅固挺直，真是頂天立地的君子」。當然，也可以嘗試運用暗喻、擬人、排比、誇張等已學的修辭手法。

我的母親

年級：中三
作者：劉紅芳
批改者：呂斌老師

設題原因

學生在中二及中三時分別已學過人物描寫、借事抒情等多種技巧，這篇文章是學生在中三下學期考試前的習作之一，希望能提醒學生靈活運用所學的寫作技巧。

批改重點

1. 佈局謀篇的能力。
2. 表現主題的能力。

批改重點說明

「我的母親」這類題目可以寫成描寫文 —— 通過對人物肖像、語言、行動和心理的具體描寫表現人物性格，也可以是融合記敍和抒情為一體的借事抒情文。因此，本文以表現主題的能力為批改重點，審查學生能否在確定主題（表現性格或抒發個人感情）後，選取恰當的內容加上適當的佈局謀篇，凸顯主題。

批改正文

範文  評語

我的母親是眾多平凡女性之中的一個。母親的一生充滿坎坷，奔波勞碌，不停為家庭操勞，更是無微不至地照顧着我，關心着我。

● 確定文章主題——表現母親對「我」的關愛。

母親出生在一個貧窮的家庭，兄弟姊妹較多，因為經濟負擔不起，作為長女的母親只能犧牲自己，放棄學業，讓她的弟妹可以繼續上學。母親自己沒能讀很多書，因此，她把所有的期望都寄託在我身上，希望我會更有出息。在我八歲那年，母親就把我送到外邊讀書，她希望我學會獨立，懂得照顧自己。但當時我還小，不懂事，根本無法理解母親的苦心，只是感覺到要離開母親的那種恐懼，所以一直哭喊着，拉着母親的衣服不願上車。但母親卻硬着心腸甩掉我的手，

● 以具體事件表現母親對我的關愛。

把我推上校車，任由校車把我帶走。我透過朦朧的淚眼，只見母親背着我，似乎也在擦拭眼淚。

母親雖忍心放我高飛，內心卻有更多的不放心。那年的冬天，天氣寒冷，天空還下着微雨。有一天，學校放學後，人羣漸去，我哆嗦着身子正準備出去吃飯，模模糊糊看見一個熟悉的人影站在校門外，很像是母親。我心裏想：這麼冷的天氣，母親應不會出現在這裏吧？但是，我的腳步卻逐漸加快，因為我急着知道那是不是母親。到了最後，我幾乎狂奔起來。

● 以下兩段細寫母親冒着嚴寒到校探望「我」，進一步表現母親對「我」的關愛。

站在風雨中的果然是母親。細雨打在她的臉上、寒風刮在她的臉上，使母親的臉一片蒼白，紅色的唇已被紫色所代替。我激動地喊：「媽，你為甚麼會站在這裏？」母親用發抖的聲音說道：「天氣變冷，我擔心你不注意

● 此處的肖像描寫很適時，凸顯了母親對子女的愛。

身體，所以為你帶來幾件大衣⋯⋯」
我的雙眼已被淚水模糊，不等母親說
完，我已經撲入她的懷抱，用力緊緊
擁抱着她，希望可以為母親帶來溫暖。

　　我的母親是平凡的，但她對子女
的愛卻是偉大的。我愛我的母親，也
愛天下所有偉大的母親。

● 再次點題，並進一
　步深化主題。

總評及寫作建議

　　母親對子女的關愛相信是無微不至的，作者選取了母親
狠心送自己到外學習和嚴寒中送衣這兩件典型事件，表面似
是矛盾，實際上卻是很和諧地表現了同一主題。而其中送衣
一事上又加入細緻刻畫，進一步加強主題。作者刻意安排事
件發生在寒風細雨中，可見佈局謀篇時的心思，值得讚賞。
同學宜多加學習。

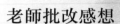

老師批改感想

　　記敘文是學生最熟悉的文體，學生在寫作時常會隨意跟着自己的喜好寫作，容易忘卻老師訂立的練習重點，所以老師需要刻意提醒，讓學生有意而為，這樣才能達到訓練某一寫作技巧的目的。另一方面，記敘文通常又會夾雜抒情、描寫的成分，所以到中三綜合練習的時候，不妨鼓勵學生適當運用已學的知識，例如對人物肖像的描寫、對環境的細描或其他抒情手法等，增加文章的感染力。

一次夜讀的經過和感受

年級：中五
作者：李婉儀
批改者：林廣輝老師

設題原因

訓練學生寫作記敘抒情文的能力，題目改自會考舊題「夜讀有感」。

批改重點

1. 敘事與抒情的配合。
2. 學生的深化技巧。

批改重點說明

1. 學生寫作多側重記敘，忽略抒情，而且抒情與敘事缺乏聯繫。
2. 學生欠缺深化的能力，需要詳寫的地方，往往未能深入描述，豐富內容。

批改正文

 範文 評語

窗外煙雨矇矓，寒風和雨水互相交雜，此情此景，依稀有點熟悉。這使我不禁回想起去年這個時分，考試將近，挑燈夜讀，埋頭苦幹的情景……

● 用倒敘手法，由眼前景物勾起回憶，引入主題，簡潔直接。

那晚寒風凜冽，雖然已關上門窗，但仍感覺到一絲絲的寒氣。我身穿厚重的棉衣，呆坐在書桌前，埋頭苦讀。我心想：「真糟糕！平時不努力，現在可真是吃盡苦頭了。經濟科的內容可不易背誦呢！」眼看着前面一疊疊厚重的筆記，心中的擔子把我壓得透不過氣。我一次又一次地強行把內容擠進腦子裏，可惜，事與願違，任憑我多努力，一切都只是枉然。

● 寫寒風下夜讀苦況，面對厚重的筆記，難以消化。作者運用心理描畫及誇張手法，以凸顯個中艱苦。建議可描述自己在寒風下的外形動態，例如牙關打震、身子顫抖……

我灰心了、失望了、絕望了，前所未有的挫敗感湧上心頭。我的眼皮也愈來愈沉重，呵欠連連。「睡魔」多

● 由灰心到「睡魔」的引誘到母親的苛責，交代自然流暢、

番侵襲，企圖誘使我入睡。另一方面，我知道自己不能輕言放棄，我決不能被擊倒！可是，渴睡的我始終敵不過「睡魔」，我一次又一次地打瞌睡。我的鬥志漸漸減退，意志消沉，最後，竟在書桌前倒頭大睡。突然，我在睡夢中聽到一聲嚴厲的苛責聲，我睜開眼睛一看，原來是母親。眼見她一臉怒容，怒髮衝冠，張牙舞爪，時而破口大罵，時而指手劃腳。她不斷嘮嘮叨叨，似乎對我在溫書中途睡着而滿懷不滿。雖然她喋喋不休，有時候也感到頗為煩厭，但現在，這些嘮叨聲和咒罵聲卻比任何提神藥都來得有效。為此，我感到欣慰，因為我深切地感受到母親的嘮叨和咒罵中，有着一絲絲的關懷和愛護。

　　目送母親回房睡覺後，精神大振的我繼續埋頭苦讀，書本中的文

詞彙豐富，惟母親的苛責、嘮叨可多加描述，則更能深化有關內容。

字似乎更容易咀嚼，我輕而易舉地把它們一一消化。縱然肢體上寒冷和疲倦的感覺不斷折磨我、勞役我，但此時此刻，無比的決心和鬥志使我堅持下去。夜讀仿佛不再是一件苦差，而是一件樂事，夜闌人靜，沒有半點繁囂、沒有一絲吵耳，周遭的一切仿佛在剎那間靜止下來。我從沒這麼仔細地欣賞靜夜，想不到，夜讀竟為我帶來一番新的體會。

是次夜讀，果然沒有白費，「一分耕耘、一分收穫」，成績令我很滿意。不過，「臨急抱佛腳」並非良策，平日不努力，得到好成績是僥倖，成績不理想亦只是自討苦吃。自此以後，我答應自己，一定會多加努力，避免不必要的夜讀。而且，在這次夜讀中，我深切感受到家人的關懷對學生而言絕對是很大的鼓舞。在沉重的考

● 抒發夜讀的感受，回應前文情感的深化恰當，並非點到即止。

試壓力下，家人的支持是學生的最大
支撐。我亦明白父母望子成龍、望女
成鳳的心態，但適當的壓力是好、過
分的壓力是壞。我希望父母師長能替
學生多分擔，能對學生多關懷。莘莘
學子，努力耕耘，為的是前程錦繡，
免負眾望；求的是理想成績，報答父
母。我們埋頭苦幹，不知何時才有機
會歇一歇，細望雨景、欣賞靜夜、享
受人生呢？人生漫漫長路，除卻讀書
和工作，畢竟還是有機會的，只是能
待何時而已。

總評及寫作建議

抒情部分內容充實，而且能與敘事緊密配合，是以整篇
文章的文理相當明晰，讀者容易掌握文章重心。

選材合適、詳略得當，夜讀原因及結果簡略帶過，重點
過程及有關體會則詳細描寫，能配合題目要求。

寫母親的苛責，可直接引述母親的說話，既可加強感染
效果，後文的抒情亦會更有根據。

一次患病的經過和感受

年級：中四
作者：黃嘉瑩
批改者：林廣輝老師

設題原因

　　訓練學生記敍事件的能力，並學習從事件中抒述個人感懷。

批改重點

　　1. 佈局謀篇的能力。

　　2. 敍述的能力。

批改重點說明

　　1. 記敍文其中一項重要的條件是具備清晰結構，因此學生在選材取捨及段落安排上的表現極為重要。

　　2. 學生能根據主題作具體敍述及概括敍述的能力。

批改正文

範文 　　　　評語

「瑩，出去時帶一把雨傘吧！今早天文台曾報道過今天可能會有大驟雨

● 以簡單的對話帶出患病原因，引入主題。

的。」「媽，我不帶！出去時帶雨傘會很礙事的，況且現在陽光猛照，怎會下雨呢？別這麼囉唆！」怎知媽囉唆得也有她的道理，今天真的下雨了，而我也被淋得病了，真是「不聽『媽媽』言，吃虧在眼前」啊！

我躺在牀上，渾身都感到不自在，整個身體就如不屬於自己似的，完全不聽我的使喚，忽冷忽熱。當我全身發熱時，像被十個暖爐包圍着，身體熱燙燙的，卻沒有半滴汗兒出過來。為了釋放熱氣，我連忙去喝一大杯冰水，開啟空調，用冷水沖洗自己，以求降溫，但卻不能達到預期的效果。然而，不消一會，整個身體卻來了一個一百八十度的大轉變，頓時變得很冰冷，如躲在大雪櫃內般。我趕快穿多些衣服，鑽進暖笠笠的被子中，不斷擦着自己的已凍僵的雙手。

● 具體描述患病的痛苦。文中運用比喻手法細緻描寫忽冷忽熱的情況，能加強文章的感染力。

不斷地承受着這些熬苦，我的心情十分低落，脾氣也暴躁起來。媽這時進入我房間，她輕輕撫摸着我的頭額，為我量體溫，還說：「你又不聽我對你之前的提醒，現在病了，快吃藥吧！」「住口！」雖然媽媽的說話是出於關心，但我卻覺得是責備我的，於是心中就冒火起來。媽呆了一會，只是輕輕地說她一會兒要外出買菜，要我照顧自己。

媽走後，我的頭就在此時陣痛起來，頭昏腦脹，四肢無力。當我差點兒暈倒時，媽在我背後扶我到牀上，她溫柔地說：「先睡一會吧！我現在去弄點粥給你吃。」過了一會，媽把我叫醒，餵我吃粥，我心中不禁溫暖起來，後悔剛才對她的無禮。吃藥後，我問：「媽，為何我這麼對待你，你還對我那麼關心？」「傻女，你是我的

● 通過對話交代對媽媽的無禮，清晰直接，詳略的安排恰當。

● 敘述事情發展，通過母親的照顧，帶出悔意。所選材料能凸顯母親的愛意，然後寫自己流淚不語，也具體表達出內心的內疚。

女兒，世上豈有媽對女兒不關心呢？」我的淚兒此時奪眶而出，心中有無窮的悔意，一句話也說不出來，只躺在母親懷裏痛哭……

不久，我的病也康復了。

● 簡單道出結果，終結敘事。

在此事中，我明白到健康的可貴。許多人可能認為健康是必然的，每人都會擁有它，所以他們就不重視自己的健康，不注意自己的生活習慣，使到自己的健康狀況愈來愈差，那時才後悔便來不及了。沒有健康的生命，一切也是徒然。

● 配合敘事內容，抒發情感。由患病之苦體會健康可貴、由母親照顧領悟家人親情都是合情合理的感受。

另外，我體會最深的始終是家人的關懷。我在生病期間對媽的態度不管有多麼的差劣，她仍對我關懷備至，細心照顧我，使我不受任何傷害，這些都令我非常感動。我深信，世間上的父母沒有一個會不愛惜自己的

子女，他們總會為我們設想，以愛心包
容我們的錯誤，所以身為子女應好好愛
惜自己，不讓父母擔心，更要努力上
進，報答父母對我們的悉心栽培。

總評及寫作建議

　　本文結構十分清晰，由入題到敘事到抒情，段落安排，條理分明，選材取捨恰當。文章運用對話交代情節發展，分量恰當，手法亦算純熟。敘述方面的詳略能配合抒懷部分，如患病痛苦，能作具體描述，以托出後文的抒情。寫母親照顧方面，可更為深入，而當中流露的悔疚心情，仍可進一步發揮。

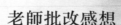

老師批改感想

　　記敍文是學生最易掌握的文體，通常寫得不好的原因是未懂選材，往往只是流水賬式的記敍，以致枯燥無味。因此，老師如能指導學生以抒發感受作為選材的原則，學生會容易達到要求。

　　「着意性」是有效教學的必需條件，寫作教學亦然，所以老師要凸顯每一文體學生需掌握的能力，着意教授，從直接講述、工作紙設計、範文賞析到評改，均以有關能力為重心，採用能力導向的方式施教，學生必定更易掌握，而老師也更能準確評估所施行的教學計劃是否達標。

超級市場購物記

年級：中四
作者：黎德偉
批改者：胡嘉碧老師

設題原因

　　這是一篇日常的命題作文練習，要求學生運用記敍的文體寫作，老師並沒有指定學生必須運用「六何法」寫作。

批改重點

　　1. 運用「六何法」的能力。

　　2. 敍述的能力：主次、詳略的處理。

批改重點説明

　　1. 審視學生掌握「六何」的能力，以確保學生已熟練。

　　2. 正確掌握主次、詳略是佈局謀篇的重要環節，而學生處理多未如理想。

批改正文

範文 　　評語

「嗚……嗚……」他又哭了。

● 以哭聲引入，製造懸念。

這一大清早，鄰居把她的一歲大嬰兒交我暫為照顧。從來沒有照顧嬰兒經驗的我，已被嬰兒的哭聲喊得發了慌；看到嬰兒的樣子，知他餓得要命，而鄰居又沒有留下奶粉。我不敢把嬰兒留在家中，便抱着他到超級市場去。

● 以順敍法交代時間，亦引出主角「我」及到超級市場購物的起因。能掌握「六何法」的基本寫作方法。● 文中未有交代「我」是一名在超級市場購物的十四五歲的男孩子。若要塑造一個狼狽及尷尬的男孩形象，建議可作以下考慮：1. 以反問法：「我？行嗎？」表達對大男孩照顧小嬰兒的疑慮（心理描寫），吸引讀者追看下去。2. 可從舉止描寫入手突出作者的形象，如寫接過嬰兒後，自己如何忙亂等角度描畫。

走進升降機，按了關門鍵，心裏很是焦急，但升降機卻差不多要停在每一層，各層都有住客走進，我和嬰兒被擠在一角。他又哭了，我真有點尷尬。幸好升降機已到地面，我立即走出去，奔上天橋，冒着那像刀般鋒

● 這段交代事件的發展，目的是塑造一個狼狽及尷尬的男孩形象，用意不俗。惟從佈局謀篇的角度分析，此段宜刪除，以突出超級市場購物的重心，否則，會造成主次不明的毛病。

利的寒風跑向超級市場。途人看見我焦急狼狽的樣子也不禁咧嘴而笑。

終於到了超級市場，它是新開業的，我也是第一次進去。我拉了一部手推車，把嬰兒放上座位。嬰兒笑了，或許坐在車上較給我抱着舒服得多。這樣，我就安心地找奶粉存放的位置去。

超級市場的每一角落都是人，也「車」來攘往，顯得十分擠逼。我推着車子，看見擺放貨物的架子全都放上了貨物，標上了價格，放得乾乾淨淨，使每一個架上的貨物形成一個整體。加上市場的規模不少，置身其中，確有進了「八陣圖」之感，我有點兒徬徨，找一罐奶粉也耗了不少時間。結果，還是要找職員幫忙了。我禮貌地問他：「奶粉放在哪裏呢？」職員既肯定，又迅速地回答：「第三排貨

● 以下三段，敍述在超級市場購物的經歷。這是文章的主體，亦能扣緊「六何法」的重點寫作。● 善用「八陣圖」作比喻，突出了超級市場內貨品繁多密佈。● 用「對話」描述，既可避免單調的敍述，亦有助推動情節的發展。● 插入與售貨員交流育嬰心得的文字，亦消除了讀者對「有奶瓶餵奶嗎」的疑慮。

架，第五列的頂端。」他的肯定使我極之佩服，也留了深刻的印象。

我取了奶粉，經過了幾個擺賣的小攤檔，看見了很多新奇的工具。經過某個攤檔的時候，那個攤檔的售貨員把我叫停了，她向我介紹一個新款的奶瓶，還教導我怎樣照料小嬰兒，我們談得十分投契，我就把那個奶瓶買下。嬰兒又再哭了，哭聲如鬧鐘的響聲，催促我快點離開。我道別了攤檔的主人，到收銀員那裏付過錢，便回家了。

● 交代事件的結果：終於購得奶粉。

我回到家中，沖好奶粉，嬰兒也喝了，便乖乖的睡午覺。到了黃昏，嬰兒被鄰居接走了，我也鬆了一口氣。回想今天超級市場購物的奇遇，我感到一份狼狽、一份尷尬，卻又對那超級市場的售貨員感到親切而佩服。

● 總結全文，就這一天的經歷作回顧。

總評及寫作建議

　　這是一篇平實而略富戲劇性的文字。全文通過代鄰居照顧小嬰兒為線索，運用「六何法」，將一天照顧小嬰兒的新鮮經歷與體驗，以風趣的筆觸描畫，結構完整。

　　在文章主次、詳略安排方面，因作者集中顧及運用「六何法」交代故事的情節，以致未能簡潔清晰地突出文章的主題：「超級市場購物」，故此，建議修改及刪減原文第二、三段的文字。

　　本文在「選材」上值得一讚。「超級市場購物」是生活瑣事，作者卻能結合自身的經歷與體會，把題材寫得有趣，既不呆板，亦能給人留下深刻的印象。

一部手提攝錄機的自述

年級：中五
作者：鍾珮姍
批改者：胡嘉碧老師

設題原因

　　手提攝錄機拍下來的片段，勾起人們種種回憶。本文要求學生用「自述」的角度，記述一些深刻的經歷。目的是發展學生的創意及想像力。

批改重點

　　1. 共通能力：過渡與照應。

　　2. 敍述能力：表現主題的能力。

批改重點說明

　　1. 若文章過渡及照應處理不當，容易造成內容殘缺、結構鬆脫，因此作重點批改。

　　2. 審視學生能否運用多樣化的手法表達主題。

批改正文

範文 　　　　評語

範文	評語
「哇……」「呀！」各種各樣的尖叫聲和歡呼聲從各處傳來，我收集起各	● 從聽覺（各種聲音）、視覺（各種光

種聲音。除了聲音外，還有光暗、影像和顏色。各色的燈光打在舞台上，台上的歌手，站在黑暗中，我朝着舞台，被高舉着。我記錄着上面的一切。

大家的情緒都很高漲，期待着他們喜愛的歌手出場。但是，我只有默默地記錄着這一切，不能作聲，不可動，因為我是一部手提攝錄機。

這冰冷的外殼，各個按鈕，中間的鏡頭和晶片，都註定了我的命運。我能把各樣精彩的片段記錄下來，可是，我還是一部手提攝錄機。

台上的歌手開始演唱，他唱着悅耳的歌，讓人聽得感動起來，台下的歌迷揮起他們手上的氣球和名牌，形

● 以（光暗、影像及顏色）入手，描寫舞台的熱鬧喧囂場面，同時帶出主角「我」。

● 過渡簡單自然：首兩句承接上文，並以「但是」一詞開啟下文。作者又以「我是一部手提攝錄機」一語點題。（照應文題）● 運用對比，以「默默」、「不能作聲」、「不可動」的手提攝錄機形象，與上文歌迷觀眾的熱鬧歡樂對照，製造了「我」與環境的第一次衝突。

● 交代「我」的外型及功能。再以簡單的重複「可是，我還是一部手提攝錄機」，表達了「我」的無奈，亦再照應文題。

● 用「台上的歌手開始演唱」為轉折句，目的是緩和上文的無奈感覺，而段末

成一片美麗的海洋。大家也很投入，我也想隨着他們一起揮手，可是，我只是一部手提攝錄機。

接着下來，是快歌的環節，歌手隨着強勁的節拍，和台上其他的舞蹈員，跳着每一個舞步，一舉手，一踢腿，都令周遭的氣氛熱起來，歌迷也全站起身來，扭動着他們的身軀，來和應着音樂和歌手，我記錄着一切，接受着他們的熱情和節拍，那屬於青春的熱力，感染着我的思維，我很想跟隨着他們起舞，一起去跳舞。只是，這是不可能的，我只是一部手提攝錄機，我連動一動也不行，高興不能笑，傷心不能哭。我作為一部手提攝錄機，只配當記錄，我的生命、我的職責，只是記錄一切影像和聲音，讓珍貴的時刻化為影片，讓人重溫，讓人回味。

仍扣緊文題，又再三重複「我只是一部手提攝錄機」，製造另一次「我」與環境的衝突。

● 以「接着下來」四字，再作轉折，以紓緩上文的環境衝突；而作者在此段又再第四次重申「我只是一部手提攝錄機」的事實，使「攝錄機」鬱結的情緒推到最高峯，照應自然恰當。然後，作者點明主旨：攝錄機只是一部「記錄」及「複製」的機器，沒有自己的思想感情，這是它生命遺憾、痛苦的原因。● 此段善用偶句，增強了攝錄機悲哀的情緒，亦突出了它的悲憤，如「我連動一動也不行，高興不能笑，傷心不能哭」及「我作為一部手提攝錄機，只配當記錄的份，我的生命、我的職責，只是記錄一切影像和聲音，讓珍貴的時刻化為影片，讓人重溫，讓人回味」。

演唱會接近尾聲，歌手面上佈滿汗水，說着感謝的話，我一一都記錄着，他的話引起更多的淚水和掌聲。大家都哭了，淚水沾到我身上來，那不是我的淚水，因為，我是一部手提攝錄機，想到這裏，傷心得想哭，只是，仍然沒有淚水……

● 末段「情景交融」，作者以哭與淚水貫穿，場面看似回歸平靜，卻又再起波瀾，以「因為」一詞過渡，然後再歸結「我是一部手提攝錄機」，藉此重申自己的無奈與悲哀，將無奈與悲傷的情緒推到高潮。● 文末巧用省略號，餘韻無窮。

總評及寫作建議

全篇運用擬人法，加入富有感情色彩的想像，把無生命的手提攝錄機寫活了。

全文依手提攝錄機的感情變化為線索安排順序，「過渡」自然，前後照應，層次清晰。文章曲折起伏，引人入勝。

在表達主題方面，手法不俗。作者既運用對比、襯托的手法，突出環境氣氛的樂與哀，表現出手提攝錄機的傷感；亦通過不斷重複「我是一部手提攝錄機」的主題句，層層深入地表達了手提攝錄機的無奈和痛苦。

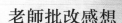

老師批改感想

　　語文老師批改作文，一般多集中在遣詞造句能否清通多姿上，少有嘗試以寫作能力作為批改重點。若老師明確以寫作能力作為批改文章的重點，學生掌握更易，從而多加注意及改善文章的結構、條理組織等方面。若學生能依能力訓練點多作練習，實有助提升學生佈局謀篇、審題立意等能力。

　　學生對某些術語的意義，例如「過渡」、「照應」等詞，不一定了解，故此，若能在平日精讀教學課堂時多作指導、講解，定能在作文課時收事半功倍之效。

記一件委屈的事

年級：中三
作者：蔡家米
批改者：孫錦輝老師

設題原因

這篇作文是學生在中三學期的功課，屬命題作文。

批改重點

1. 審題立意的能力。

2. 運用記敘手法的能力。

批改重點說明

1. 學生寫命題作文，往往會犯上審題失當的毛病。審題的好壞，直接影響文章的主題能否完整地表達出來。

2. 正確運用記敘方法乃寫好記敘文的基本條件，故須重點評改。

批改正文

 範文

 評語

範文	評語
今天，我回到教室，每一個同學的眼神都注視着我，從他們的眼中，	● 文章以事後的情況作起首，製造懸念，引起讀者的好

我看得出那是輕視、看不起的目光。我低着頭，默默地走到自己的座位，緩緩地坐下。雖然我背着他們，但我知道他們的視線不曾移開過，背後傳來的竊竊私語聲，教我禁不住閉上眼簾，淚，毫不留戀地滑下……

「同學們請於四十五分鐘後交卷！」老師一說完，整個教室都充斥着絲絲沙沙的聲音。看完整份試卷，我心裏已有了一個譜，只可以用四個字形容——勝券在握，腦中不知不覺幻想起派卷時的情景。突然，我發現頭頂有東西飛過，轉過頭，紙條不斷飛來飛去，原來是我左右兩旁的同學正在作弊。「多一事不如少一事！」我不斷告訴自己。「事不關己，己不勞心。」雖然不斷被他們的行為騷擾，但我已儘量不理會，希望老師會發現他們作弊。

● 奇，並以「他們的視線不曾移開過，背後傳來的竊竊私語聲」，道出「委屈感」的源頭。

● 倒敍往事，交代事件發生的場景（正在進行考試的教室）及主要人物（自己、作弊同學和老師），並作簡單的心理描寫（事不關己，己不勞心）。

突然，紙條彈中了我的頭，掉在桌上。我瞪大眼睛，正想向這班作弊的傢伙表示不滿，視線內卻多了一隻大手把紙條抓走。「這是甚麼？」老師怒容滿面，大聲斥喝，整個課室霎時靜止了，同學們連卷也不做，望着正在怒視着我的老師。我呆呆地面對老師，腦袋忘了思考，正想開口解釋，老師一手將紙條扔在地上，再抓起我的試卷把它狠狠撕個片片碎。我看着已變成紙屑的試卷被扔在垃圾桶裏，心在淌血，不知如何是好，只是不住地哭，無聲的哭泣在其他人眼中可能是後悔的哀求，但無人知道無辜的淚水充滿了委屈的鹹味……

「鈴鈴鈴……」上課的鐘聲響起了，我擦乾淚水，把昨天的「委屈」往心內吞，不曾向任何人解釋當中的經過。突然，我發現抽屜多了一張字

● 緊接上文情節，着力描述受委屈的經過，為文章高潮所在。

● 借上課鈴聲帶回現實。作者收到作弊者的道歉字條，同時說出自己的感受。

條:「對不起！」署名的是昨天作弊的

兩位同學。道歉可以彌補我所受的冤

屈嗎？有用嗎？我心想⋯⋯

總評及寫作建議

　　全文着力於描述作者面對「委屈」的感受，行文措辭亦見用心；但如何塑造這「委屈」，令讀者認同，則未能兼顧。如作者雖則蒙冤，何不自辯表白？主人公這種「把昨天的『委屈』往心內吞」的性格作風，未有在文中作適當解釋，自難引起讀者的共鳴。作者審題未周，偏狹地看待題目「委屈」一詞，致令全文的感染力大減。

　　本文以順敍手法起首，中段以倒敍手法交代事件經過，末段記述事情的發展，整體來說，敍述清楚而不失變化。雖然這篇文章在運用倒敍時，表面上沒有清楚交代倒敍部分的起訖點，但過渡銜接渾然天成，未有引致脈絡不清的毛病。

記一件狼狽不堪的事

年級：中三
作者：俞情
批改者：孫錦輝老師

設題原因

這篇作文是學生在中三學期的功課，屬命題作文。

批改重點

1. 運用記敘「六要素」的能力。

2. 表現主題的能力。

批改重點說明

1. 一般而言，學生在寫作記敘文時都知道要兼顧「六要素」，但不一定用得理想，故在此作重點考查。

2. 這篇是命題作文，能否準確表現主題是基本的要求。

批改正文

範文 　　　評語

天真無邪、美麗大方、聰明伶俐、人見人愛，這用在我身上是再適合不過了，但是，那只是小時候的我。

● 簡述自己「小時了了」，為後文的對比作鋪排。

　　小時候的我，走在大街上，大人們總是向我投來讚許的目光；小朋友見了就投來羨慕的眼神；而我的家人帶上我，也都會感到驕傲。老師們喜歡我，因此，我被選入了舞蹈團，當上了隊長。再加上有着那麼一點跳舞天賦的我，成為了班裏的焦點人物。當然，那時我被捧上了天，洋洋自得，暈頭轉向，自覺了不起得很呢！

● 事件發生在「小時候」，惟語焉不詳，未有清楚說明具體時日。

　　經過了一番的努力，有了那麼一點小成就的我要去比賽了。比賽前的晚上，我夢見自己在眾人的目光下翩翩起舞，表現優異。

　　可誰料得到，天有不測風雲，人有旦夕禍福。

● 第三、四段繼續以「發夢」襯托出主人公的躊躇滿志，描寫主人公「狼狽不堪」前的心態。

　　比賽當天，當我在舞台上展現美妙的姿勢之際，褲帶鬆了，我急忙扶住。因此，表演時我由一隻天鵝變成了企鵝，十分不自然。

● 指出事發地點——「舞台」，但相關資料（如規模）欠奉。

到了高潮時刻，為了完成動作，我不得不鬆開手，結果，自然是褲子掉下來了。我立即面紅耳赤，拉上褲子，站在上面動彈不得。完了，演出失敗。原料是出盡風頭，可這回還真是出盡了意料之外的風頭。台下觀眾的竊竊私語，加上不屑的目光，直把我殺死了好幾十次，我只剩下一副僵硬的軀殼在台上。但這又能怪誰呢？只能怪自己愛面子害死了自己。

前天，已發現那褲子太大，老媽就讓我繫上褲頭帶，但我覺得太醜了，就不繫了，所以導致這種事的發生。

自此，小時候的我，倏地消失了。代替她的，是一個不再自大驕狂，甚至有點自卑畏縮的我。

總評及寫作建議

在敍述中，一般要涉及到時間、地點、人物、事件、原因、結果六個要素。當然，這六個要素具體到每篇文章中不一定都會出現，但在取捨要素時要以不影響閱讀為原則。作者如能就「舞台」稍作具體描述，可增強文章的真實感；至於「小時候」所指若流於籠統，則有礙讀者理解。

全文描述一件狼狽不堪的事之餘，借事說情，帶出另一個較深入的主題（人生改變）。作者的處理不流於淺稚的純粹的「說故事」，進而借故事談情說理，這種創作意圖，是值得讚賞的。可惜收筆匆匆，假若能在篇末作適當發揮，主題當可更深刻感人。

老師批改感想

筆者愛把記敍文看待為「說故事」，而在這次批改中，我比較着重的是學生「如何」說故事，也就是如何安排文章的情節結構。一般而言，記敍體文章大都遵循「序幕＞開端＞發展＞高潮＞結局＞尾聲」這樣一個完整的情節結構，難得的是兩位學生能嘗試不以傳統主流的順敍格局為體，如將結局提前，置於篇首，進行倒敍；或攔腰說起，追述前因，帶出後果，表現了記敍文（甚至所有文章）「大體須有，定體則無」的本質。讓學生明白到「說故事」可以千變萬化，另闢蹊徑，相信可以令他們享受到作文的樂趣。

誤會

年級：中四
作者：唐彩明
批改者：袁國明老師

設題原因

　　本文乃學生自由創作的作品，文體為記敘文，題目自訂。中四學生一般已掌握寫作不同文體的能力，可以根據過往學過的寫作方法寫作文章。

批改重點

　　1. 倒敘法。

　　2. 佈局謀篇。

批改重點說明

　　1. 記敘文主要可分為「順敘」和「倒敘」。倒敘可以分為：一是把事件的結局提到前面敘述，再回頭敘述事件的發生發展；另一種是把事件的高潮或關鍵的轉折的情節提到前面來敘述，然後轉入「順敘」。學生一般所犯的難點，往往是未能掌握如何安排「結局」和「關鍵性轉折」。

　　2. 學生一向認為記敘文易學易寫，佈局謀篇方面往往欠深思，忽略了佈局謀篇對文章的影響，藉着是次練習，以一

個簡單的故事為骨幹，妙下伏線，製造矛盾，讓學生加強在寫作時佈局謀篇的能力。

批改正文

範文 　　　評語

今天，我被人誤會了，令我難以忘懷，事情是這樣的……

● 首段以「誤會」點題，只是兩三句，簡單直接，開門見山，因「誤會」而「難以忘懷」，引起讀者懸念。

今天下午，我如常和同學外出吃午餐，我們走進一間新開業的台灣小食店，由於店內太多顧客了，我們要坐在玻璃窗旁，路人都可「欣賞」我們的食相，但從廚房裏傳出陣陣食物的香味，我們已不理會這種尷尬的情況了。

● 標示了所記之事（誤會）的發生時間（今天）、地點（台灣小食店）、人物（我和同學）（記敘六要素）。此外，妙用引號（「欣賞」），用意特別。

幾經等候，我們點的小食終於到了，我們慢慢品嘗，突然玻璃窗外傳來一陣呼叫：「我的手袋啊！被那穿黑恤衫戴帽的男子搶去了啊！」我和

● 事情（誤會）由一件劫案開始，並帶出事情（誤會）的起因（記敘六要素），故事主人公由旁觀者進而參與建構故事。

同學立刻望向外面，發現那名男子走過，我們便立刻跑出去，追着他，希望可替那名婆婆拿回手袋，但怎也想不到⋯⋯

「小朋友，食『霸王餐』！你們別走啊！」我們望向後面，發現小食店的侍應追着我們，我們一面跑，一面解釋；但他反駁我們：「有哪個吃『霸王餐』的人會認自己食『霸王餐』，你們以為做個故事就能騙倒我嗎？我真沒有那麼笨！」啊！那你要我們做甚麼才相信我們呢！我們心裏咒罵着⋯⋯

「不行了！我想我快缺氧了！」我的同學放慢腳步喊着。最後被那名「麻煩侍應」捉住了，我繼續追着那名小偷，結果⋯⋯皮鞋狠狠地打中小偷的頭，他跌倒了。這個時候，商場的警衞到了，他們帶走小偷，並向我們

● 繼續記敍故事（誤會）的發展。（經過，記敍六要素）作者巧妙設計「追上追」的情節，強化了「誤會」的張力。

道謝，幫他們捉到那名小偷。

　　警衛走後，那名「麻煩侍應」便帶着我的同學來到，後面還有一個老婆婆。啊！正是那個被小偷偷去手袋的老婆婆，她拉着那個侍應向着我走過來，那名婆婆向我道歉。原來，她是台灣小食店的老闆，而那名侍應是她的孫兒，老婆婆為了感謝我們替她拿回手袋，這頓午飯，不用我們付錢，而且還送上兩客台式牛肉飯呢！

● 故事峯迴路轉，誤會最終因幫人而消解。

　　今天雖然被人誤會了，但幫到別人，真的很開心。

● 以「誤會」作結，起首尾呼應之效。

總評及寫作建議

　　故事構思頗有新意，「誤會」是因幫人所引起，有點「好人無好報」的反諷，而且有點「反教育」意味，但當讀者為故事主人公深感無辜之際，故事發展隨着老婆婆的出現發生戲劇性逆轉，最後故事走回正軌。主人公的冤屈雖只報以「兩客台式牛肉飯」，但總算是「好人有好報」。

　　從結構上看，文章從回憶一件「誤會」出發，也以「誤會」作結，以倒敍手法憶述整個故事。但從另一個角度分析，如刪去第一段，那麼與一般順敍手法無異。故事的首尾兩段簡單直接，結構完整，起互為呼應之效。誤會是源於一個善良的意念：見義勇為，但已埋下一條「撥亂反正」的伏線。

記一次光顧的經過和感覺

年級：中六
作者：張艷芬
批改者：袁國明老師

設題原因

本文乃學生自由創作的作品，文體為記敘文，題目自訂。中六學生一般已掌握寫作不同文體的能力，學生可以根據過往學過的寫作方法寫作文章。

批改重點

1. 敘事抒情。
2. 佈局謀篇。

批改重點說明

1. 記敘文一般都以敘事為主，學生往往把故事說清楚就算合格。但一件深刻的事情總會使人有所感，從而引發起作者和讀者的反思。問題是，如何處理事情敘述與情感抒發的關係。如果事情的敘述不夠「厚度」，情感就難以盛載。相反，所敘之事深刻，而所抒之情淺薄，也顯得入寶山而空手回。兩種情況也是一種「浪費」。本文值得學習的地方就是作者恰當的處理兩者關係。

2. 在佈局謀篇方面，敍事抒情除了注重所敍之事的「厚薄」與所抒之情的深淺的關係外，更重要的是事情敍述的佈局與鋪排。因為敍述變化萬端、懸疑曲折，情感才能抒發深刻。而關鍵就在過渡自然而不造作。

批改正文

範文	評語
麻婆豆腐為四川名菜，過橋米線乃雲南名菜，這些食品均可在「美食天堂」的香港找到。	● 首段以美食天堂為引言，點出香港人物質生活的富裕，埋下浪費的伏筆。
而我最愛吃的食品就是雲吞麵，所以每逢逛街用膳時，雲吞麵都是我的首選。有一次……	● 標示了所記之事（麵店經歷）的起因（記敍六要素）。
我選了一間店舖門外排滿了人潮的麵店，心想：「我想麵的味道應不會太差吧！」這一間麵店，外觀雖然不甚突出。但是，平凡中卻又帶點溫馨的感覺！	● 標示故事（麵店經歷）的地點和人物（記敍六要素），而故事的亮點：「人潮」，引領讀者追閱下文。
但當我踏入店舖時，頓時呆住了；店內的顧客望向門口時，既歎氣	● 故事的轉折：店內顧客的「歎氣」和「搖頭」，加強了故事的懸疑和可觀性。

又搖頭,更加深了我的疑惑。

為何會這樣的呢?

麵條非常美味,每位顧客進食時均帶着滿足的笑容,包括我也是。可是,店內的客人實在少得可憐,與店門口洶湧的人潮成了強烈的對比。

● 「滿足的笑容」、「少得可憐」與「洶湧的人潮」的對比,加強了故事的張力。

為何會這樣的呢?

● 兩句重複的提問,加強了故事的懸疑性。

剛吃完麵的我,終敵不過好奇心,找到個伙計詢問。「因為老闆為了促銷,推廣優惠,若能買三碗麵外賣,就送『人氣公仔』一個,這樣就吸引了大批的人了。」小伙計搖頭歎氣地道。

● 透過伙計的口道出故事背後的真相。

我雖然是第一次光顧這店,但麵條的味道已深深留在心坎中,難以忘記。

結賬後,我走出麵店,見到到處的垃圾桶塞滿了用膠碗盛載的麵,有些已流出了湯汁。在地上形成了一個

● 聽到的真相總比不上看到的真相來得震撼。這樣才能有深刻的情感。

小水窪。我回頭看了一會兒，頓感到心頭一陣涼，與店內的「冷清」妙合。

麵再好吃，也敵不過一個公仔。好一場集體的暴殄天物。廚子們的心思，盡埋垃圾桶。這實在是整個社會的恥辱。古語有云：「誰知盤中餐，粒粒皆辛苦。」可惜「辛苦」歸「辛苦」，「浪費」仍在「浪費」。

● 從情感抒發到嚴正的控訴。「誰知盤中餐，粒粒皆辛苦。」引發讀者深思換領熱潮背後的社會問題。

珍惜食物不單是對烹調者的尊敬，也是為下一代確立惜物的價值觀。可惜，新一浪的換領熱潮又席捲而來！

這間麵店的麵和公仔都深深印在我的心坎中。

總評及寫作建議

故事構思建基於一對對的「對比」語境，店內外的對比、熱鬧與冷清的對比、辛苦與浪費的對比。對比使故事曲折，也使故事更具感染力。而故事最堪玩味的地方就是在強烈的對比的背後，只是一件平凡且常見之事：換領公仔。不

過，在作者筆觸下平凡見真理。一個簡單的公仔道盡城市人扭曲的戀物心態，廚子烹調的誠意與心思竟敵不過乏靈的機器製品。人、機器與大自然的關係在通篇的對比話語下，展現出更深層的反諷。

從結構上看，故事的「亮點」是「人潮」，「人潮」主宰了作者的選擇，也埋下了店內外強烈對比的伏線。而整個故事的張力（tension）隨着故事發展的一張一弛、一冷一熱愈拉愈闊。另外，作者在用詞上，也力圖製造修辭上的張力，例如「辛苦」與「浪費」的對比（第十一段）、「滿足的笑容」和「少得可憐」的反諷（第六段）。同時，作者也注意到文字的相關，例如「心頭一陣涼」與「店內的冷清」（第十段）造成語義上的對照，內心感受與外間氛圍的暗合。

此外，作者在第六段強烈對比的描述中夾着兩句：「為何會這樣的呢？」一方面使對比更形尖銳，另一方面，透過提問製造懸念引起讀者的閱讀興趣。

最後兩段，從敘事到抒情。雖快但過渡自然而不覺突兀，只因前文有足夠的敘事「厚度」，才能抒發出深層的情感。故此，透過轉折與對比的敘述，使所敘之「事」升華，強化了所抒之「感」。

老師批改感想

　　無論是寫作的學生，還是批改的老師往往都會看輕了記敘文，因為記敘文結構簡單（雖然可分為順敘、倒敘、插敘、散敘等），但實際情況是記敘文易學難精。敘事雖然是一種簡單的表述方式，其討論自柏拉圖開始。及後家族「繁衍」，今天已發展成博大精深的敘事學（narratology），主要探討敘事者、觀點、時間（次序、延續、頻率）、空間、情節、行動等敘事元素。近年敘事學已跳出文學範疇，發展成社會學、教育學等的研究方法。另一方面，近年「人氣急升」的「微型小說」或「小小說」，也可以說是敘事的變種。故此，敘事可不是簡單的學問。

　　要寫一篇好的記敘文，其關鍵就是要說一個好故事。學生最大的問題，就是不能分辨「說一個好故事」和「說好一個故事」的分別。大部分的好故事是「說」出來。故事本來無分「好」與「不好」，

它本來就是平平無奇，只是看你如何「說」。一個平平無奇的故事，也可以說得精彩。但如何才說得好？關鍵就在故事的張力，張力就是故事感染力的來源。張力可以來源自對比、矛盾和衝突，也可以來自典型。一件平凡事說來可以平凡了極，但換了一個微觀的視角，就能穿透平凡而看出不平凡，這樣說出來的是一個「典型」，「典型」的張力就是從萬千的平凡中凝聚出來。學生一方面要懂得如何使「平鋪」變成「矛盾」、「直敘」變成「曲筆」這種提煉技巧。另一方面，就是要懂得提煉「典型」。「典型」本身就是一種「後設」（meta）概念，從萬千平凡中找其背後的原型（prototype）。學生要懂得微觀和細讀，才能看得透，說得出「典型」。

一件舊衣服

年級：中三
作者：魏偉霖
批改者：袁漢基老師

設題原因

單元主題為「插敘」，此文題為配合單元主題而設。

批改重點

1. 能以第一人稱具體而清晰地敍述事情發生的經過。

2. 運用插敍法表達主題的能力。

批改重點說明

1. 配合單元主題。

2. 完成螺旋式訓練：中一、中二已學過順敍及倒敍，中三循序學習及懂得運用插敍法敍事。

批改正文

 範文 　 評語

範文	評語
今天，當我正在清理房子時，無意間發現在我的牀下收藏了一個紅白藍相間的膠袋。在好奇心驅使下，我不禁打	● 第一、二段敍述自己因清理房子而發現兒時的生日禮物，以「它是我那一年的生日禮物」一

開這個神祕的袋子⋯⋯

　　咦，怎麼這個膠袋裏全部盛着我兒時的衣服？最細緻的那件，我依稀記得是我十歲時，媽媽親手編織給我的毛衣，它是我那一年的生日禮物⋯⋯

　　兒時，家境不如現在的富裕，每天能有白飯吃，已經是一件十分幸福的事，除此之外，家裏並沒有多餘的金錢給我們加添新衣服。當然，新年例外。每逢新年，爸爸總會給媽媽三十大元為我們加添一件新衣。我的兩位姊姊，總可以自己揀選心愛的衣服作新衣。但是，媽媽卻從不會給我這個權利。她總是敷衍了事地給我買一件，算是打發了我。記得有一年，我問媽媽為何我不可以買自己心愛的衣服，姊姊們卻可以。媽媽說，是因為姊姊已挑選了漂亮的衣服，她們穿

句，過渡至下段對童年往事的回憶，寫得具體自然。

● 本段屬於插敍部分，記述兒時因新年與生日渴求屬於自己的禮物，而與媽媽發生的衝突及彼此的愛，寫來曲折感人。

久了，就會給我的，那時，我便會擁有很多的「新衣服」。聽了這個答案後，我便顯得悶悶不樂，心裏還有很多疑問……現在回憶從前，不免覺得年幼的我，已很懂得去爭取自己的利益和抗拒接受別人的「二手貨」。十歲那時的新年，我沒讓媽媽給我添新衣。媽媽很愕然地望着我，我堅持不再穿不是我喜愛的衣服。新年過後，便是我生日了，那年我並不特別期待生日的來臨。年年生日，爸爸總會給我一封紅包子，媽媽會煮三隻紅雞蛋給我吃，就這樣度過我的生日。一直以來，我的地位都是很低微的（在家裏）。那年生日，一如以往地，爸爸給了我紅包子，媽媽卻為我織了一件毛衣。當我雙手接過時，簡直難以置信。媽媽親手織的，她連給我買衣服都很隨便，怎麼這次……

那件毛衣，我足足穿了三年，直至穿不上身，才讓媽媽收起來。

現在想起來，其實媽媽也是很愛我的，只是，那時媽媽也有她的煩惱，她會買最便宜的衣服給我，是因為她將省下來的錢補貼家裏，只是年少的我不了解，誤會了她。

這件毛衣，我一生也會好好收藏的！

● 本段回憶三年來如何珍惜母親所給的禮物。

● 第五、六段寫當下的感受：分析及諒解媽媽當時的處境及困難，並重申會珍惜媽媽所給的禮物，加強主題的表達。

總評及寫作建議

本篇以第一人稱，寫親身經歷及感受，敍述事情清晰具體，感情真摯，愛與衝突毫無保留地展示出來，主題明確。然而，同學運用插敍法尚未夠明顯及純熟。本篇主線為重遇「舊衣」，應該將當下的情景與回憶中的細節穿插敍述，方為典型插敍法之運用。同學或可參考中學課文〈爸爸的花兒落了〉，當能取乎上法。

記一次樂極生悲的經過和感受

年級：中四
作者：林浩業
批改者：袁漢基老師

設題原因

主要配合讀文教學。剛教完一篇記敍兼抒情的文章，故設此題，讓同學鞏固在讀文教學中所學之餘，更進一步，在寫作範疇中掌握記敍及抒情的技巧。

批改重點

1. 順敍法的運用。

2. 凸顯主題的能力。

批改重點說明

1. 為配合讀文教學。

2. 加強有關訓練：學生敍事多欠清晰具體，而抒情亦多不足或欠真實感。

批改正文

 範文 評語

範文	評語
差不多在五年級時，年少無知的我最喜歡做一些無聊且危險的動作。	● 點明所記之事為人們常見的行為，容易引起共鳴。「慘痛」二

相信不少人都試過坐在椅子上前後不停地搖動，但這種危險的遊戲卻給我慘痛的經歷。

那晚，我在家中與父母一起吃飯、看電視，但椅子卻搖過不停，加上碰撞地板的「啪啪」聲，使我不時招來臭罵，可惜卻絲毫無損我玩下去的「雅興」。突然「啪」的一聲巨響，全家都給嚇呆了。我左眼對上的位置穿了一個洞，鮮血如柱般一溢而出，滿地都是溫熱的鮮血。媽媽立刻哭起來，而爸爸則立即衝入房拿毛巾給我先止血，可是我的血卻令一大條毛巾都濕透了，但我仍未減流血的速度。妹妹急得哭了起來，這樣嘈雜的環境使鄰居都走來看過究竟。

「你為甚麼這麼無聊去玩這些玩意？瞧！弄成這樣子，不是早叫你不要這樣的嗎？」爸爸不斷地在我耳邊

字能收懸念之效，並加強主題（生悲）的表達。

● 第二、三段為文章主體部分，順序寫出事件的經過，記敘清晰具體，很有真實感，而文字亦算生動、準確。

罵着，但我已經不支暈倒。醒來的時候我睡在自己牀上，發現眼鏡嚴重扭曲和失去一顆螺絲。媽媽說我可能是跌倒時給眼鏡插了進去，螺絲亦可能留在體內，但我沒有去醫院，過了兩三星期，傷口癒合後留下一個凹陷的疤痕，這警惕了我別再玩這個無聊的玩意。

摸着這小小的疤痕，回想起當天的情形，「樂極生悲」這個道理，我終於都明白了。

● 寫出從教訓中領略到「樂極生悲」的道理，握要地呼應文題。

總評及寫作建議

同學能通過敍述一件事情，表達「樂極生悲」的主題。本篇運用順敍手法記事，寫來清晰具體，做得很不錯。至於主題方面，同學雖亦能表達「樂」與「悲」的始末及感受，但感情尚嫌未夠飽足。建議同學多加抒發感受，讓抒情色彩更濃厚（如寫受傷後的惶恐之感、脫險後的悔疚之情等），則錦上添花矣。

老師批改感想

　　記敍文為中學生常接觸、常書寫的文體，但相關的技巧未必都能好好運用發揮。一般而言，寫記敍文首先要求記事具體清晰，然後，講求是否能善用不同的敍事手法，並藉此恰當地表達主題、凸顯主題。上述兩篇文章，在記事方面都能做到清晰具體，文字自然生動，但在技巧的運用及主題的凸顯方面尚須磨練，以力臻完美。

一次生病的經過和感受

年級：中四
作者：林健朗
批改者：郭兆輝老師

設題原因

學生在讀了白先勇〈驀然回首〉後，學習插敍的寫作手法。

批改重點

1. 適當運用插敍法。

2. 立意明確。

批改重點說明

1. 大多數學生都能夠掌握記敍文的順敍和倒敍寫作方法，但要用插敍法記事便不大了了，故作重點批改，以檢視學生掌握插敍記事的能力。

2. 不少學生寫作文章時內容蕪雜、主題不鮮明，故此要求學生寫作時須立意明確。

批改正文

範文 　　　評語

「咳痴！」鼻水不停在流，我睡在牀上，看着天花，很辛苦呀！我的頭很重呀！手腳好像不聽我的叫喚，動也動不了，全身就好像給火燒一樣。媽媽忙忙碌碌地走進來，拿着七彩繽紛的糖果和果汁。噢！我眼花了，是一些苦得很的藥水藥片。天啊！又要吃這些鬼東西。「我不想吃呀！」我對媽媽喊着。「你吃了，病才會痊癒的。」媽媽滿臉憂愁的對我說。我只好乖乖的吃吧！我能做的只能騙自己這些是果汁和糖果。媽媽走出房間，我又望着天花，心裏不禁想：都怪自己不好，不聽媽媽的話，又要媽媽操勞，這都是咎由自取的。

記得那天，天氣頗熱。我在家裏開了空調，卻不穿衣服。媽媽叫我穿

● 插敘運用恰當。加插自己外出打球回來，渾身是汗來涼

回衣服，我說：「天氣那麼熱，會熱得人發昏的。」媽媽又說：「這樣會容易生病的。」我心裏不爽，語氣重了的跟媽媽說：「哼！我去打籃球，你太囉嗦了！」說完就跑出門了，玩了幾個小時才回家。回家後，又熱又全身是汗水，就開了空調，更坐在電風扇前休息。媽媽看見這樣，便對我說：「全身都是汗水，快去洗澡換衣服；否則，容易生病的。」我滿不在乎地說：「那會這麼容易生病，我這麼強壯，不用怕的。」媽媽生氣地說：「生病了卻不要找我，我不照顧你的。」我沒有理會，就回到房間玩電腦遊戲、涼空調。「咳痲」……慘了！我怎麼頭熱身軟的，難道我真的着涼了？接着，頭開始痛，並感到很倦。「吃飯了，快出來吧！」我怕給媽媽取笑，就不吃飯了，更不知不覺地睡了。

空調一段，來補充解說生病的原因及怎樣不聽媽媽勸告。

到了第二天早上，我的頭重得抬不起來。媽媽輕輕地摸了我的臉額，「噢！你發高熱呀！」她二話不說就背起我去看病。我的眼淚如泉湧一樣地流出來，我感受到了媽媽的愛。「對不起！」我在媽媽的耳邊說。「傻孩子，媽媽怎麼會不照顧你。」太感動了，我的淚水流個不停。

現在，我的病痊癒了，我以後也不會不聽媽媽的話了。媽媽，我愛你！

● 立意明確。● 作者以媽媽沒有因自己不聽勸告而生氣，反而悉心照顧自己的事情，來說明媽媽非常愛護自己。末段以「媽媽，我愛你」進一步深化文章主題，表達母愛的偉大。

總評及寫作建議

文章的主題鮮明，通過生病的經過和媽媽的悉心照顧，表達了母愛的偉大。以插敘手法，來補充說明自己生病的原因和怎樣不聽媽媽的忠告。第三段以淚水流個不停來表達自己的歉疚，回應首段累得媽媽操勞的歉意。末段以自己深愛媽媽來深化文章的主題，全篇一氣呵成。倘能細緻描寫媽媽照顧自己的辛勞，則更能具體地烘托母愛的偉大。

被人誤會的感覺

年級：中四
作者：楊美淇
批改者：郭兆輝老師

設題原因

1. 鞏固學生寫作記敍文的能力。

2. 讓學生掌握敍事抒情的技巧。

批改重點

1. 六何法和倒敍法。

2. 抽象感情的具體化。

批改重點說明

1. 檢視學生能否正確運用六何法和倒敍法。

2. 學生在敍事的過程中，能設例取譬來抒寫感情，讓抽象的情感變得具體。

批改正文

範文  評語

今天，我被人誤會了，那種感覺令我不能忘懷。

● 運用倒敘法記敘給人誤會的事情始末，恰當自然。● 開端「今天」說明了事情發生的時間（六何法裏的「何時」）。

事情是這樣的：今天早上回到學校，走進課室，同學們用一些不友善的目光望着我，令我渾身不自然。我的好友拉我到廁所說：「班主任今天很早走進課室，警告昨日在堂上玩耍談天的同學已被記名，而被記名的同學今天要被罰留堂。」我大惑不解地問：「這與我有甚麼關係？又不是我記下他們的名字的。」此話一落，立即想起昨日班主任當着全班對我說：「你給我記下在課室不守秩序同學的名字。」我一言不發。這時我想想自己好像沒有記下任何名字。呀！不是好像，而

● 首先交代事情發生的地點是學校（六何法裏的「何地」），接着記述誤會產生的原因，是同學誤會自己記下課堂上不守秩序同學的名字，並把它交給班主任進行處分。● 其次，交代清楚事情發生的原因和牽涉了甚麼人（六何法裏的「何人」和「為何」）。● 藉着返回課室途中的內心想法，凸顯了害怕給人誤會的忐忑不安心情。

是真的沒有。那……是哪一個記的呢？幸好我的好友安慰我，表示信任我。我回課室的途中想着，走進課室的時候，又不知道會聽到多少難聽的說話了。一想到這裏，就有些不想面對了！

回到課室，只見班主任在點名，我立即返回座位。我很期望班主任會記不起今早說過的話，但他還是記起來。老師逐一叫昨天不守規則的同學站起來。這時，我想到如果我也被叫名，那昨日記名的就一定不是我啦！可惜！沒有我的份兒。在老師說怎樣懲罰同學的時候，突然有人在背後叫「金手指」。這時候，我真是覺得十分委屈，委屈得想哭，悲憤交加，很想站起來講清楚。但……哪會有人肯相信我呢？真是跳進黃河也洗不清了。這種心情也許在這陣子沒有人能

● 記述當老師處罰被記名的同學的時候，自己被人說成是「金手指」，感到十分委屈和悲憤。清楚交代了被人誤會的經過和難受（六何法裏的「何樣」）。● 適當運用「跳進黃河也洗不清」的設例，把受屈難過的感情寫得具體生動。● 段末交代事情最後得到班主任的解說，消除了同學的誤會，內心的難受才釋然（六何法裏的「結果」）。

明白，這感受我這輩子也很難忘記。在我感到極之難過的時候，班主任好像看透我的心事，他説：「哪裏説要人記名呢？其實這些名字全是我記的，我知道你們就是這樣的，所以無謂為難他人。現在你們知道是我記的，怎麼樣？是否要罵我呢！」這時有人從後面説：「怎會呢？你是老師嘛。」突然有人在後面拍拍我，並傳了一張紙條給我。我打開紙條看，「對不起」三個字盡在眼前。這時，我不由自主地笑。雖然剛剛的話我仍很在意，但這三個字好比千言萬語、好比萬人安慰，這種感覺⋯⋯

　　今天的誤會，那種被人誤會的感覺、百感交集的心情，是我不能忘懷的。

總評及寫作建議

　　本文以記述被人誤會為經，抒發受屈的難過感覺為緯。敍事條理分明，抒寫感情自然。結段與首段呼應，總結被人誤會的難受及消除誤會後的喜悅複雜心情。最後回應主題，被人誤會的感覺是不能忘懷的。六何法及倒敍法運用純熟，第三段以黃河水也洗不清來形容自己有莫大冤屈，把抽象的悲憤心情具體地呈現讀者眼前，令讀者產生共鳴，為作者所受委屈感到不平。

老師批改感想

　　「意」是文章的靈魂。文章要做到主題鮮明、立意明確，讓讀者明白作者寫文章的用意，這是寫作文章的最基本目的。老師給學生寫作題目時，要提醒學生寫作這道題目的目的是甚麼，他們想透過這篇文章說明甚麼道理或者是表達怎樣的感情。學生心裏有了底，內容便能圍繞主題發展而少了蕪雜的情況，老師批改起來也不會再有「不知所云」的評語。此外，大部分學生寫作記敍文時，都能夠清楚記述事情的始末。但要求他們運用插敍手法，卻表現力不從心。倘若在寫作前先給學生一些範例，讓他們討論寫作重點，學生寫作起來便可收事半功倍之效。其次，老師批改時，也可以「眉批」提點學生，說明文章那處可以運用插敍手法，使學生在謄寫文章時知所依循，補充插敍的文字，讓學生掌握插敍的方法。

記一件尷尬的事

年級：中七
作者：蘇伶燕
批改者：陳月平老師

設題原因

　　為了配合正在教授的記敍文單元，希望同學能對各種記敍方式的運用有所掌握。

批改重點

　　1. 敍述手法的運用，如倒敍或插敍法。

　　2. 借事抒情的能力。

　　3. 將抽象的感情具體化。

批改重點說明

　　1. 倒敍和插敍都是比較難運用的，藉着這次寫作，訓練學生這兩種能力。

　　2. 學生常寫作借景抒情文，很少運用借事抒情的手法。

　　3. 學生不太懂得把抽象的感情具體化，希望透過今次的訓練，可以提升他們這方面的能力。

批改正文

範文 　　評語

炎炎的夏日，我和幾位好友一同踏上回家的路途。走在前頭的盈盈突然轉身對大家說：「喂，你們看，前面有人在熱吻呢！快點過去看看吧！」

● 利用對話帶出事件的開端。● 用順敘手法入題。

陽光猛烈地照射下來，他們緊緊地摟在一起，纏綿地吻着。大家愈走愈近，我的視線愈見清晰，那個男人竟是……我的心幾乎跳了出來！我定眼的看着他，真的沒有錯，而當時他沒有看到我。這刻，我很想離開這地方。

● 清楚描述事件，對事件的發展作詳細的記述，扣緊題目。這是借事抒情手法的運用。

「我第一次看到別人在街上熱吻啊！」

「他們的姿態很誇張呢！」

「那個男人年紀不小，但女人卻很年輕，很不登對呢！」朋友不斷在談論，惟獨思晴沒說甚麼，因為只有她知道那個男人是誰。我感到無地自

● 利用個人「臉紅」（身體感官的變化）、冰淇淋的「溶化」（比喻個人情緒開始失控），將情緒的轉變具體化。● 記事方面，直接點出造成尷尬的人原來是父親，回應個人「臉紅」、「無地自容」的原因。● 記事是主，抒情是副。

容，臉紅起來，手上的冰淇淋也溶化了。

「你的臉很紅啊，看別人熱吻看得臉也紅了。」眾人也笑了出來，我的臉已像熟透的紅蘋果。

「天氣太熱的關係吧，這裏很曬，我們走吧！」我只想快點離開，我竟然親眼看到我的爸爸在大街上和陌生女人擁吻！

當我們走近時，他望了過來，我和他有眼神的接觸。他一看到我，立即避開我的目光，假裝看不到我，神情慌張、錯愕。我呆住了，心裏有千萬種情緒洶湧，我連思晴的眼也不敢望，直到回家。

他比我晚回家，已是吃飯的時候。一切如常，只是我和他沒有說半句話，也沒有望過我。電視劇正好播放着熱吻的片段，我腦海閃出今天見

● 配合事件的發展，抒發個人的情感，描述細膩。● 將慌亂的情緒通過人物的動作具體化。

● 加插電視劇的片段，是回應事件，使作者回想起日間所見的畫面，氣氛更為尷尬。● 不點破事情的真相，故意留下靜默

過的畫面，他假裝專注地吃飯，吃得很快很快，並好像知道我在看着他，不敢望我。

「我飽了。」他的話比往日不沉實，離開了飯桌，剩下我和媽媽繼續吃飯。

的畫面，讓讀者想像當時的氣氛。● 事情的未完結，表示兩人均不能放下心中的疙瘩。這也是運用了借事抒情的手法。

總評及寫作建議

本文借事抒情。作者以順敘法記敘事情的發展，並加插對話，凸顯作者身處的環境，說明該男士與自己的關係，回應自己感到尷尬的原因。加插朋友思晴原來也知道這個祕密，思晴在這件事中並沒有作任何的反應，這種沉默更凸顯作者當時尷尬萬分的感受。

人物的動作描述細膩，尤其結段加插電視片段，寫父親與自己假裝若無其事，這種「心照不宣」使兩人更為尷尬、難堪。

本文善於運用插敘法，對事、情起到補充或加強的作用。

寫作這類文體宜清楚交代事件的經過，如只述事件的結果而不提經過，則不能凸顯個人情緒的變化。若題目以記事為主，則感情宜穿插於事件的敘述中。

記一次與親人發生衝突的經過和感受

年級：中六
作者：鄭淑雯
批改者：陳月平老師

設題原因

　　配合記敘文的教學，希望學生不僅掌握寫作記敘文的要素，對事件也要有適當的情感抒發。

批改重點

　　1. 倒敘、順敘方式的應用。

　　2. 人物的說話、行為的描述。

　　3. 修辭手法的運用，例如比喻、反問等。

批改重點說明

　　1. 寫作記敘文，常會流於平鋪直述，倒敘法的運用有助交代事件的始末。希望能訓練學生對事件的剪裁、對事件的脈絡可以作清晰的交代。

　　2. 對事件中人物的說話和行為的描述，學生常犯的毛病是複述式的表達，故藉此訓練學生於作文中加插人物對話或行為描述，既能推進事件，又能反映人物性格形象。

　　3. 學生對感情的表達應透過不同的修辭手法表現出來，這樣才能使抽象的感情具體化。

批改正文

範文 　　　評語

「爸，我能夠參與這次的交流團嗎？」前幾天，我的老師拿了一張關於交流團的資料給我和另外幾位同學觀看，希望我們參與是次活動，藉此增廣見聞。

● 利用倒敘入題，道出事情的緣由。直接入題，清楚利落。

美其名說交流團，倒不如正確一點來說是愛心扶貧體驗團。我深知當中必要長途跋涉的行走，及要受一陣勞動的折磨，但我相信這一切是極具意義及能讓我從中得益，這次體驗亦能增加我做義工的經驗，能為我的履歷多添一個項目，故我十分雀躍地要前往當地作考察、學習。

● 本段以獨白的方式道出自己的心聲。

晚上吃完飯後，我走到爸爸的跟前，問他能否讓我參加這次的活動。

「不！不可以！」「為甚麼？」「不為甚麼！不批准便是不批准！」「但這

● 通過對話反映自己與父親之間的衝突。
● 恰當地使用對話，

次的機會實在是非常難得，是要由老
師推薦的……」「別說這麼多！不能便
是不能！去甚麼鬼交流團，你作為一
個學生，職責便是安守本分給我好好
的讀書！」「但只是去幾天，根本不會
有甚麼影響。」「不行！」「這實在是
一個大好機會讓我增廣見聞，我定能
有所得益，讓我……」「不可以！別再
說那麼多藉口，不能便不能！」

我眼見他那麼固執，心內實在是
鼓着一團氣。算吧！不參加吧！想想
可是不行，我怎能這麼輕易放棄？也
許他是想測試一下我的認真程度吧？
但見他對我的解釋也不多聽一句，便
試試激將法吧！

「爸爸，讓我去吧！只是少了幾
天時間讀書，不能去而留在家我也不
能好好的溫習。倒不如讓我去五天，
回家後我定能好好的用心讀書。」我

不僅能減少複述的文
字，也能反映人物性
格。

● 從事到情，過渡十
分自然。緊扣題目，
事與情並重。

● 通過個人肢體語言
「睨着」，表現作者的
小心翼翼。● 父親的
說話直接反映其強硬
的態度。● 這段人物
說話、行為描述細膩
而具真實感。

說完後立刻低下頭睍着他，他不消一秒哮過來：「我說不能便不能！我不管你讀書與否，去多少天也沒關係，我只要盡了我的責任。你在家裏怎樣也好，我提供了最好的環境給你讀書，你溫習與否也不關我的事。既是最好環境，當然不許去交流團！你現在給我進房，不要再說了！」

我氣沖沖地回房，心裏在不停咒罵他，他真的是太固執了！既像一塊石頭，又像一頭牛。他根本沒有想過我的感受，他想過我的理由嗎？難道真的全是我的藉口嗎？我倆的對答算是溝通嗎？從頭到尾他只堅持己見，根本沒有聽過我的說話！

● 運用不同的修辭手法，如以連串的反問句、比喻句，表示個人心中的不滿情緒。

我知道他的原意是出於為我好，但是弄巧反拙了！我明白他的用意，但不認同他的做法，甚至反對。但我的反對有用嗎？最後決定權還不是在

● 直接的獨白、反問句的運用凸顯作者的無奈。

他手上？我真的覺得他是頭腦閉塞、
野蠻的人，當時的我甚至還很恨他。
但想來，這也不過是小事一樁，算了
吧！

總評及寫作建議

　　本文是事、情並重，通過事件的發展而抒發感情。以倒
敘法入筆，首兩段清楚說出事情的因由，然後，通過對話表
現兩人的衝突，從事件的描述配合個人感受的描述，將內心
的不滿娓娓道出，自然而真實。然而，結束句的轉變略嫌欠
自然，是一小瑕疵。

　　事情的發展、兩人的衝突並非刻板的敍述，而是利用人
物之間的對話、動作，凸顯父親與自己不同的立場，本文是
事、情互相結合，情感真實流露。

　　本文在修辭手法上的運用不俗，其中以反問句尤佳，能
凸顯個人滿腔的無奈。

　　寫作該類文體，事件和感受兩者，其間詳略要有適當的
調節，不宜只提結果，否則敍事欠完整，反而感受部分則可
由事件的經過或結果引發起。事件的結果不宜草草帶過，否
則會有虎頭蛇尾之感。

老師批改感想

　　記敘文一般是對事物作描述或是記錄事情的經過，而其中會有個人情懷的抒發。在訓練記敘文寫作時，可選擇學生熟悉的題材，使其感到親切，應較易清楚扼要地道出事件的始末和個人的感受。在寫作時，要使學生明白這篇文章所抒發的情感重心，然後對事件描述加以裁剪。常見的問題是對事件的交代不清，或是對事件的描述欠裁剪。寫作時，可先提醒學生取出事件的要旨，事、情要吻合。

記述一件初則狼狽、後則身心舒暢的事

年級：中五
作者：戴婉婷
批改者：陳傳德老師

設題原因

1. 近年會考趨勢，出題者喜歡考核學生能否完整地記述兩件事，這是校內模擬試的題目，希望學生能多加熟習會考模式。

2. 學生寫記敍文時，常有忽略題目字詞的情況，所以特別用了「狼狽」及「身心舒暢」，以考核學生對題目的理解及能否按題目重點來鋪敍事情。

批改重點

1. 承上啟下的能力。
2. 修辭手法的運用。
3. 能否審清題意。

批改重點說明

1. 由於學生做練習時，常不能承上啟下，時有交代不清的情況，未能由上面寫的情況，再發展成合情合理的結局，致使過度突兀，所以，這個題目是想測試學生能否緊接上文

下理。

2. 學生平常寫記敘文時，常忽略了使用修辭手法，以為只有描寫文才多用，其實要提高敘述吸引力，應多用不同修辭手法，才能使故事引人入勝。

3. 學生平常寫的文章字數雖多，但能緊扣題目而鋪寫的特別少，所以用「狼狽」一詞，希望學生嘗試了解題目要求，按題抒寫，寫到形勢窘逼、進退兩難的情況。測試學生能否按題意要求，集中寫「狼狽」及「身心舒暢」的感受。

批改正文

範文	評語
在一個星期天早上，我打扮得整整齊齊，即將出門到沙田大會堂參加詩文獨誦比賽，外面天色陰暗，好像將有大風暴，以防萬一，我帶了一把傘子出門。	● 這兒一開始「好像將有大風暴」便埋下了一會兒狼狽的伏線，為鋪展下文作了一個好的根基。
在前往比賽場地期間，天氣果然急劇轉壞，下起滂沱大雨，還刮起大風，我拿着傘子，向前一步一步的慢行，風大得連行人也可吹走，我的傘子終於敵不過強烈的熱帶風暴，壯烈	● 這段寫自己肖像時，用了不少修辭手法，如擬人、誇張、比喻，使自己的狼狽外貌，呈現讀者眼前，讓讀者如見其人。

犧牲了。在風的協助下，雨點猛烈的
打到我的面上、手上，甚至全身，衣
服全都濕了，臉上的化妝溶掉了，頭
髮亂得很，現在的我，就像一隻鬼、
像一隻含冤而死的女鬼。我猶疑應否
再步行下去？

　　心想不妙了，這樣和風搏鬥下
去，久久也不能到達會場，遲到會被
當作棄權，我心急如焚，緊張得手心
出汗，便跑到馬路旁招計程車，有一
輛紅色的車子從遠處駛過來，在我身
旁經過，但那輛計程車不但沒有停下
來，還將路旁的積水濺到我身上，那
些帶有黃泥和垃圾的水把我身上的衣
服也染了泥色，我感受到司機的無情
外，還第一次真正知道甚麼是狼狽。
我應否回家換衣服呢？

　　我看一看手錶，發現時間不容
許我回家了。那位冷酷無情的司機，

● 作者善用外界事
物，先營造一個可以
脫困的假象，再來加
深自己無助的處境，
安排聰明巧妙，使故
事曲折多姿。

● 這兒過渡自然，由
上文的疑惑，用回應
來連接。再把自憐的

着實可惡，他激發出我心中的一股怒氣，燃燒起又濕又冷的我心中的一團無名火，我好像着了魔般似的，用每秒一百米的速度拔足狂奔，向比賽會場進發，大風也被我熊熊的怒火殺死，而雨點也再擋不住我，統統給我變成水蒸氣了。

● 感受轉化為怒氣，發展出突破狼狽的契機。

踏進會場的一刻，幸好全場焦點是在台上的參賽者，沒人注意到衣衫不整的我。我雖然沒有遲到，可以參加比賽，但是立刻便要出場了。我現在還是一隻「鬼」，全身沒有一處是乾的，頭髮還在滴水！給工作人員推上台後，我不知所措，我心想應否退出下台。忽然，我看到台下在默默支持我的老師和同學，身心忽然舒暢起來，大膽起來。

● 這段呼應了第二段對自己的形容，同時，還寫出了自己身心舒暢的原因，回應了題目。

然後自覺脫胎換骨，由一隻鬼變成天上的神仙，坦然地在台上朗誦

● 這兒透過微笑的動作來顯示自己的坦然。

詩文，表現比正常練習時更好，台下
的觀眾看得目瞪口呆，演出過後，台
下發出如雷貫耳的掌聲，我亦報以微
笑，感謝台下支持我的觀眾。

雖然在這次比賽中我未能獲獎，
但我感受到老師和同學的鼓勵也十分
珍貴，比賽中的獎項只是其次，從中
得到珍貴的友情才是最重要的。

● 作者沒有安排自己
儀容不整下仍獲獎，
加強了可信程度，承
接上文的衣衫不整，
而且，突出自己超越
名利、身心坦然的胸
襟。

總評及寫作建議

這篇文章能緊扣題目，把進退兩難的情況，設計得令人
信服。常於每段尾部，以心理描寫自己「進亦憂，退亦憂」
的情況。

作者寫自己情況時，用了不少修辭手法，使文章變得生
動有趣，如寫「傘子」用「壯烈犧牲」來形容，寫自己的外
貌「就像一隻鬼、像一隻含冤而死的女鬼」。

在整體分配上，前三段集中寫狼狽情況，後三段則寫身
心舒暢，這樣安排使結構很勻稱，十分妥當。

至於寫「狼狽」或「身心舒暢」，都不是單純重複詞語，
而是用主人公具體的行動來表現，使人物形象具體化，讀者
更能感同身受。

記一次跟好友產生誤會，但最終由老師協助勸說而冰釋前嫌的經過及不同的感受

年級：中五
作者：劉德偉
批改者：陳傳德老師

設題原因

1. 近年會考趨勢，出題者喜歡考核學生有沒有「邊敍邊感」的能力，這條題目希望能考核學生不時抒發因事而起的感受。

2. 學生寫記敍文時，常有忽略題目字詞的情況，所以特別用了「好友」、「誤會」、「冰釋前嫌」等詞語，以考核學生對題目的理解及能否按題目重點來鋪敍事情。

3. 由於設定題目人物至少三名，想學生能把複雜的人物、經過及結果交代清楚，而且學生要抒發誤會時的感受及冰釋前嫌的感受。

批改重點

1. 佈局謀篇的能力。

2. 審題立意的能力。

3.「邊敍邊感」的能力。

批改重點說明

1. 由於學生做練習時，常有交代不清的情況，因為學生很多時對段落發展不太重視，這與沒寫大綱有很密切關係。這題目要測試學生能否平均分段，而且段落發展分明。

2. 學生平常寫記敘文，容易忽視基本環境及資料，這兒用「好友」一詞，是希望同學會鋪排交代二人如何「友好」、「產生誤會」、「老師如何介入」及「冰釋前嫌」的原因。

3. 寫記敘文時，學生若沒有情感，情節往往也不吸引，所以特別要求學生寫下不同的感受。

批改正文

 範文

 評語

我有一個朋友名叫廖一心，他為人誠實豪邁。我們是在中一的時候認識的，記得相識是在一堂數學課上，我坐在他的前面，在課堂上，數學老師出了一道數學題，我和廖一心最快完成，答案都相同及正確，我們「識英雄重英雄」，雖然在學業上是勁敵，但我們最後也成了一對形影不離的好朋友，就算是上學、小息、放學，我

● 由於重點不是人物描寫，所以首段用「誠實豪邁」等詞語概括形容人物。而且一開始交代了二人成為好友的原因，緊扣題目。

們都常在一起。

不過，有一次，老師發還作文功課時，我和一心卻產生了嫌隙。因為我們作文的內容竟然相同，雖然字眼不是一模一樣，但是無論立場、論據，都有雷同之處。陳老師向着眾人說：「各位同學，一心和修端的文章是全班寫得最好的，但是他們二人的文章卻太相似，有抄襲的嫌疑，我希望你們兩個能互相交流，但不要互相抄襲。特別是論據，更應自己思考才好。」聽到老師的說話，我當時都好驚訝。

不過，以一心豪邁的個性，他又怎會抄襲我？他當然不會誤會我抄襲他。可是，我班中另一位同學有容，平時因為我和一心成績常「騎」在他頭上，心有不甘，竟杜撰我向他承認抄襲一心的「事實」。還加鹽加醋地說

● 第二、三段述說了二人產生了怎樣的誤會，也解釋了二人因為性格和小人搬弄是非，而致不能和解的原因。

我明知自己創造力不及一心，所以才
借故親近他，想偷取一心的成果。

就因小人唆擺，我和一心之間仿
佛起了一面巨牆，我一方面怪有容的
唆擺，更恨一心對我的不信任、不了
解，所以我也不找他解釋。我只知道
原來我們二人的關係是這樣的脆弱。
源於各人心中一條隱形的刺，我們相
遇在小食部或男洗手間，都不瞅不
睬，形同陌路，仿如兩座冰山，熱情
友善都消失了。

● 作者描述了二人關
係的疏遠和個中感受，
最妙的是從題目「冰
釋」聯想到兩個人像兩
座冰山。

就這樣，我們之間的距離愈來愈
遠了，直至有一天，善良的陳老師見
我與一心「貌不合，神又離」，找了我
和他一起，並且詢問了原因，這時他
和我都一腔淚水奪眶而出。

● 第五、六段作者透
過二人哭泣來顯示委屈
的感受，既具體，又富
情感。

一心他斷斷續續地哭訴了從有容
口中，知道我如何出賣他和騙取了他
對我的信任。他表示，不明白為何同

學交往都要如此工於心計。我則複述了我不找他說個明白的原因和對他聽信謠言的不智感到徹底失望。說到後來，我和他都在陳老師面前泣不成聲。

陳老師待我倆心情平伏時，才平靜地說：「你們知道你倆痛哭的原因嗎？」我們都搖搖頭，他才說：「這因為你倆都珍惜這段友情。你們本來都很信任對方，但卻因對方不信任自己和不值得自己信任而憤怒。」陳老師停了一停，又說：「其實都是我不好，以你倆的品性，又怎會互抄功課？可能你們常常一起，才會有雷同之處，我收回對你倆的指摘。」接着，陳老師還捉住我們的手，要我們握手言和。

● 這兒安排老師作為二人重修舊好的關鍵，而且用了說話描寫，呼應第二段的人物角色安排。

當我捉住他的手時，我感到很溫暖，我好像在荒島看到救生艇一樣，欣喜得有點手震，我倆用另一隻手擦乾了眼淚，破涕為笑，為着漫長人生

● 這兒寫重拾友誼的感受，貼切而具體。

路，又多了一個並肩作戰的朋友、智
趣相投的知己、互相扶持的伙伴而感
到十分高興。

　　最後，我們相視而笑，忘記了已
是歸家的時候了。但回家被母親責怪
夜歸也沒有問題了，因為我抓住了一
段寶貴的友情。

● 用母責夜歸，來對
比重拾友情的重要。

總評及寫作建議

　　這篇文章不算曲折，但敘事有條不紊，人物、原因、經
過、結果都很分明，而且緊扣題目，段與段之間字數相當。

　　作者常在每段敘事完結時，把自己感受用比喻帶出，合
情合理，具體而令人信服。

　　作者寫文章時，每段都有抒情之處，做到「邊敘邊
感」，雖多直接抒情，但所發都是真情，是感受而非感想。

老師批改感想

　　記敍文可說是中學生最愛寫的一種文體，但很多時候，學生都把記敍文體看得太簡單，對其中的記敍情節思考太少、太直露。老師想學生寫好記敍文，宜把題目的範圍縮小，題目不宜太空泛，宜仔細一點，這方能考察學生對題目的了解和安排段落的心思。

　　教導學生寫記敍文時，宜要求學生時刻反問自己，若自己看這篇文章，會不會覺得沉悶，而且宜規定他們的文章要有一個主題，不然，文章縱是曲折有趣，但不免流於膚淺無聊。

　　簡單的記敍文，在近年會考試題中比較少見，然而，老師宜透過教授記敍文寫作時，培養學生「邊敍邊感」的能力。由於情感是抽象而不具體，所以若能用比喻來凸顯感情則更佳。

　　學生抒發感受時，要注意是否與內容扯上關係，因為有些學生常將感受與感想混淆，老師應讓學生明白感受多指「喜、怒、哀、樂」等情緒，是對事情的聯想，而不是個人的想法。

一個難忘的中秋節

年級：中五
作者：鍾樹輝
批改者：彭志全老師

設題原因

在寫作課堂上，擬訓練學生的觀察及情節的處理能力。當天剛好是中秋，故因利成便，着學生記敍自己曾度過的一個難忘的中秋節。

批改重點

1. 觀察力與想像力、聯想力的結合能力。

2. 情節的處理能力。

批改重點說明

1. 學生較難掌握觀察力與想像力、聯想力的結合能力，但假如能用其法，對文章內容的廣度與深度可提高不少，故此作重點批改，以審視學生對這種結合能力的掌握。

2. 審查學生對情節的處理能力的掌握。

批改正文

範文 　　評語

　　中秋月圓，我正趕赴同學於大美督的燒烤聚會。乘車途中，不少車上的乘客身上都配戴着螢光的飾物──應節吧！男女老少，盡在車上，一幕又一幕高興的情景。

● 利用順敘法自然入題。● 「中秋月圓」一詞點出節日的特色，也同時展開作者當天的所見所聞。● 首段交代時、地、人、事，以及路途所見，「高興的情景」一語為全文基調。

　　車剛抵達燒烤場附近，五光十色的光線已經射向我的眼睛，像一片螢光海。我一路尋找着我的同學，附近的人羣都為中秋而盡興。有不少青少年在歡呼起舞；有些手拿着彩光的小孩，雖然才剛懂走路，也仿佛為了慶祝中秋而手舞足蹈。我就像置身於夢中，四周都在不停地閃爍着。才剛到，同學們早已準備好已燒好的小食讓我「接收」，我也帶了一盒月餅給他們享用。而隔鄰的一個家庭也正分享

● 隨觀察所見，螢光棒是現在節日最流行的玩意，以「螢光海」比喻當時的場面，是觀察所得，想像與聯想的結合。● 隨着事情的發展，提到自己與同學分享美食，旁邊的家庭也在團圓，從而帶出中秋團圓的主題，因為團圓而歡樂，渲染熱鬧的氣氛。

着月餅，一片温馨的情景，但我卻覺得和同學如此慶祝，也挺熱鬧吧！

天色已晚，月亮懸掛在漆黑的天空中，皎潔明亮，旁邊的老翁正告訴孫兒「嫦娥奔月」的故事……他的孫兒仔細聆聽着，又凝望着月光，倒以為月亮附近仍有嫦娥似的呢！

● 過渡一段，觀察明月，聽到老翁與孫兒的「嫦娥奔月」故事，猜想孫兒的心思，算是一段插曲。

此時此刻，正是賞月的好時機，我們便收拾好燒烤的一切，轉往水壩。在停機坪遠望那條直路，我猶如看見螢火蟲在飛翔，原來這些都是由人堆砌出來的燭光。那一堆堆的、各式各樣的字——是傾慕、愛戀等字詞——就是他們不敢對喜歡的人所説的話吧。常言道「中秋慶團圓」，其實中秋也有不少人懷着離愁度過的。中秋原本就是一體兩面，可以令人快樂，也有人抱着「一種相思、兩處閒愁」的心情過節。我們一起躺在附近

● 借賞月、燭光組成「中秋慶團圓」的節日意義。由燭光堆砌的字，配合這個良辰美景，既富詩意，又含蓄地表達了中秋團圓的涵義。● 此外，與朋友談論的話題雖沒有提到，但重點並非所談論的內容，而是中秋能團圓的情味，雖不是跟家人一起過節，也是另一種團圓，夾敍夾議，增加文章的深度。

的空地上，談天說地，高談闊論。其實，與伴侶共度、與好朋友共歡，還是與家人共聚，這不又是「團圓」麼？

不知不覺，大家都睡着了。醒來的時候，太陽已緩緩升起。雖然是新一天的開始，但「昨晚」仍留在我的腦海中。它若隱若現，每每使我刻骨銘心，令我忘了，又忘不了。也許，這是我一個最難忘的中秋。

● 以一覺醒來作結，回想起來，難忘的不僅是中秋的遊樂場面，更是當晚的歡愉以及是另類團圓的情味，增加了文章的餘韻。

總評及寫作建議

這本文是記敘、描寫、抒情共融一體的文章，記敘的部分比較不顯眼，但實際又是全文的經緯。從事情的開始、發展到結尾，作者的着眼點不止於敘事，而更進一步從所見所聞，體會到中秋的主導氣氛是團圓和歡樂。利用觀察所得，去聯想跟這兩者有關的事物。結尾一段，讓讀者尋問，作者難忘的是當晚的情景嗎？而作者難忘的其實是中秋團圓及歡愉的感覺。

一個使我心悅誠服的老師

年級：中五
作者：譚潔晶
批改者：彭志全老師

設題原因

　　剛教完白先勇先生的〈驀然回首〉，提及作者回憶起影響他的啟蒙老師一事，並着學生回想一個最能使自己心悅誠服的老師。

批改重點

　　1. 積累的能力。

　　2. 表現主題的能力。

批改重點說明

　　1. 評改學生對於各種積累的能力的掌握。

　　2. 審視學生表現主題的能力，可否對愛憎、褒貶明確表達，能否凸顯主題。

批改正文

 範文　　　　　　　　評語

　　重回母校，心底裏似有無限感慨。一段段校園往事，在我心裏又浮現起來。

　　舊事夢迴，叫我印象最深的是訓導老師——郭老師。她年近五十，但年齡沒有消減她半點精力，她說話時還是句句有力，字字鏗鏘。鐵臉上有筆直的鼻子，鼻子上戴着一副能看穿別人的眼鏡。因她眼神銳利，使多數的學生對她有所迴避。更有傳言說她將犯錯的學生帶進訓導室後，每次，同學也是哭着出來的。她準是地獄門關的「勾魂使者」。

　　新學期來臨，我心中不斷祈求課堂上沒有遇上她的機會。翻開時間表，噢！避不過了！郭老師偏偏教我的最弱項——英文，緊張的學年開始

● 以倒敘法引入，雖寥寥幾句，勝過千言萬語。

● 以「夢迴」作為舊事的描述，表示此事時常不經意想起，從而引入本文的主角：心悅誠服的老師。這樣能突出主題，並緊扣文題。再來是細緻的人物描寫，從她的聲音、臉孔以至於面容表情，把作者對郭老師的厭惡之情反映出來。並從一些傳言與她的外號「勾魂使者」一語，渲染一個非常可怕的形象，可謂入木三分。

● 介紹與郭老師的相遇與認識。因為之前已聽聞過郭老師的大名，所以當看到時間表，一句：「噢！避不

了。初初起步，已有無數的默書小測等候着我了。為了不用給她帶進「鬼門關」，我曾經努力學習英文，但總是有心無力。果然，到了最後，還是失敗。好！放手一搏，我把心一橫，決定在小測中偷偷作弊，一次半次，該不會發覺吧！

事情好像還蠻順利，答案已轉印在小測卷上，心中涼快着。突然，感到一雙眼睛正瞧着我，當我望過去時，郭老師還報以一個微笑。穿了，揭穿了。是眼神出賣了我嗎？我低頭默默等待時間過去，還不知不覺露出心中有愧的模樣。我決定到「鬼門關」自首，不再鬼鬼祟祟。沒有半句責罵，沒有嚴屬的目光。只有一句語重深長的説話，卻使我聲淚俱下。之後的日子，她為我留堂補習，在她教導下，成績終於上了軌道，大考也順利合格。

過了！」反映了作者恐懼之情，並為因懼怕被懲罰而嘗試去作弊下了註腳，把一個人戰戰兢兢的心理表露無遺。

● 原本以為可以順利瞞騙過去，一句「心中涼快着」用得巧妙。但隨之而來是一百八十度的逆轉，原來被發現了，接下來以為會被痛罵，但卻是一個「微笑」，這與作者先入為主的思維大有出入。於此，可謂心情異常複雜，這是很難表達得好的，但作者通過心理描述，把這樣難處理的過程表達得很不錯。及後的後悔與之後就此事的改變，把一個痛改前非的形象活靈活現，也替文題：「心悅誠服」四字作了非常貼切的解讀。

今日，回到母校，才知道老師已移民走了。但無論她走得多遠，在我心中仍是那麼鮮明、那麼重要的一個人，絕不忘記她對我的愛護。

● 由追憶的描述回到現在，知道老師已然移民，深感失望，但沒有明說，因首段所提到「感慨」二字，已是說明。老師帶給作者的影響是永遠的。

人生的路有千百條，有的寬敞、有的崎嶇；老師的教導是路上的明燈，她就是令我心悅誠服的老師。

● 回應首段，以人的路有寬敞和崎嶇為喻，指出老師的指導是路上的明燈，比喻貼切，充滿餘味。

總評及寫作建議

要改變一個人，最重要是令他可以「心悅誠服」，領悟個中義理，反省過失。本文可以說把「心悅誠服」演繹得非常透徹。作者利用文字，把一個影響自己至深的老師形象活現在紙上，除了詞彙豐富及舉了多個事例外，更重要的是能以不同的方法來表情達意，不流於枯燥無味。從敘述開始的厭惡、恐懼與害怕，到後來的悔改、自省和努力的過程，做到有條理地處理。常言道「寫作課多是因文而造情」，但如能掌握得當，把情感寓於文字，使學生能因情而為文，相信是很不錯的作品，本文可以說做到了。

老師批改感想

　　所選的兩篇文章，共揀了四種不同的重點加以訓練與評改。這四種能力，是寫作記敘文不可或缺的條件。在處理過程上，可分為基礎能力與進階能力兩項。基礎能力，指的是情節的處理能力和表現主題的能力，學生能確切掌握這兩種能力，可說是達標的原則；至於積累的能力和觀察與想像、聯想力的結合能力，是判別文章是否上乘的不二法則。在指導學生寫作上，不妨以之來訓練他們的基礎能力及提升他們的進階能力，基礎能力要鞏固，而進階能力則幫助他們進步，使他們明白，要寫好文章必須替自己的筆「進補」不可。

記一次比賽感受和經過

年級：中四
作者：王翰賢
批改者：楊雅茵老師

設題原因

學生在初中時已學過記敘六要素，並在中四開學初重溫了記敘的各種手法，這篇作文是學生升上中四後的第一篇作品。

批改重點

1. 順敘及第一人稱記事手法。

2. 觀察力。

批改重點說明

1. 測試學生順敘及第一人稱記事手法如何純熟地運用。

2. 學習透過細緻的觀察，將所見生動地呈現出來。

批改正文

 範文　　　　　　　　 評語

範文	評語
二零零四年八月七日，正是亞洲區籃球超霸杯青年組總決賽賽事——	● 先點明時間、地點及人物，並利用順敘法自然地入題。

湘北中學對山王工業學院的大日子。
而我正是湘北籃球隊的後衛，站在籃
球場上，我的心情非常激動，經歷過
無數艱苦的歲月，我方終於打入總決
賽了……

「呠！呠！」鳴笛聲一響，球證把
籃球從兩名身材健壯的健兒間拋起。
「吼！……啪！」籃球直飛到我的手
上，我心道：「這一刻終於也要來
了。」我立時以最快速度運到三分區
外，然後以一記假動作騙過對方，直
進籃底，在對方中鋒未及反應之下，
籃球應聲破網，我方先取兩分。球場
中的觀眾給予我們熱烈的喝彩聲，這
喝彩聲就像聖潔的歌聲一樣，給我們
帶來動力、希望。

下半場時，對方作了一個出乎意
料的舉動——換人，換出了鄧向華。
鄧向華？我從沒聽聞過這個球員的名

● 以鳴笛聲引入記述，吸引讀者的注意力，透過細緻的觀察，以簡單的敍述交代出比賽的緊湊。

字。我心想：難道是祕密武器？觀眾的反應也大惑不解，場內登時一片嘈雜。到底他是誰呢？

　　賽事繼續進行，鄧向華竟然以矯健的動作穿過我方球員，簡直是如入無人之境。霎那間，我方來不及反應，便被他一記轉身上籃，給他輕易取下了兩分。鄧向華以矯健的動作不斷取分，我方也絕不放鬆，雙方各不相讓，現場觀眾情緒更高漲。比賽已到最後四秒了，我方落後一分，在這燃眉之間，我乘對方球員一不留神，突圍而出，射出決定性的三分球，當時場館突然靜了下來，時間像停頓了一般，場內各人也靜止不動，大家也目不轉睛地望着這一球，我的心情很是緊張，是成是敗就看這一球了，終於籃球不偏不倚地穿過球籃，「哎！哎！」完場的鳴笛聲也隨之響起，全

● 以第一人稱記敘雙方不斷得分，互不相讓，營造緊張的氣氛，掀起高潮，最後我方投籃得分，比賽結束。

場歡呼喝彩聲不絕，我方終於取得冠軍了！

勝利後，我們的心情久久不能平伏。這場比賽真的意義重大，因為這不僅是我校第一次打入總決賽，而且更是我校第一次贏得總冠軍，開創歷史新的一頁。我終於明白和相信原來命運是掌握在自己雙手的，「萬物有天意，我們有雙手」。我終於能切實理解這句話，如果當日我放棄了練籃球，這個「少年籃球夢」是絕不會實現的。我明白到一切要靠自己雙手去創造，不能依賴，不能放棄，一切一切的成就，都須由自己開始的，只有堅持，不放棄對理想的執着，任何夢也會實現的。

● 抒發對賽事的感受，比賽意義重大，不僅因取得勝利，更因明白努力的重要性，帶出積極、正面的訊息。

總評及寫作建議

　　本文為記一場比賽，記敘與抒情需結合，感情宜自然。全文以順敘法，按事件發生的先後次序寫成，寫來有條不紊。首段先交代時間、地點及人物；第二段則透過細緻的觀察記述比賽，將比賽鮮明、生動地展現出來。

　　記述比賽，同學往往抓不住重點，巨細無遺地記錄，以致文章流於毫無意識的記述。其實，寫作本文時，同學宜先抽出記述的重點，例如比賽中，參賽雙方的激烈爭持、我方力爭後反敗為勝等，然後環繞重點寫作，寫作時便不會茫無頭緒，難以下筆，以致文章東拉西扯，不知所云。

試以「我終於可以舒一口氣了」作為文章的結句，寫一篇記敍文

年級：中五
作者：李智敏
批改者：楊雅茵老師

設題原因

學生已學習各種記敍的手法，本文題以句子作為結句，目的是讓同學發揮創意，並熟習不同種類的題目。

批改重點

1. 倒敍和插敍手法。
2. 想像力的運用。

批改重點說明

1. 透過這篇文章測試學生運用想像力及倒敍法的能力。
2. 讓學生運用比喻法將抽象的感情具體化。

批改正文

 範文 　　 評語

範文	評語
每次看到爸爸憔悴的臉，我就會想起那段生活艱難的日子，當時只單純地活在學校與家庭之間的我，第一	● 利用倒敍法自然地入題。以「恐懼、憂慮及深深的不安」形容那一段回憶，引起讀者的好奇及聯想。

次感覺到恐懼、憂慮及深深的不安，那是一段難忘的回憶。

就在我唸小學五年級那一年，爸爸病了，開始常常往醫院檢查身體，年幼的我還懵然不知，那是全家陷入困境的序幕。同一年的暑假，爸爸入院了，媽媽沒有告訴哥哥和我發生了甚麼事，她怕我們擔心，只說爸爸要做一個簡單的手術，很快就會回來。自那天開始，我有整整一年沒有聽過笑聲，無論是爸爸的，是媽媽的，是哥哥，還是我的。過了幾天，媽媽帶我們去醫院探望爸爸，我還清楚記得醫院特有的消毒藥水的氣味以及手上佈滿針孔、瘦弱的爸爸。他對着我們笑了，可是那不是開懷的笑。我看着爸爸的「笑容」，竟想起爸爸最愛吃的苦瓜，那種苦澀的味道，好像在我的口腔中停留，又沿着咽喉緩緩流下，

● 回憶小學時，爸爸病倒，從此，家中再沒笑聲。後插入到醫院探爸爸的往事，借爸爸的苦笑和說話，進一步描繪爸爸的病苦，及對作者的關心，更深入表達作者的傷痛。描述苦澀的味道，利用比喻技巧，把抽象的情感寫得具體，易於感染讀者。又以沉靜描述媽媽的身影，含蓄地道出媽媽沉重的心情。

一直流進我的心。我的眼眶紅了，想
哭。在那寂靜無人、陰深的走廊，爸
爸摸摸我的頭，說道：「回去吧，醫院
多病菌。」然後媽媽就牽起我的手，
我們在醫院外散步，凝視醫院對面的
大水渠。媽媽的身影很沉靜，我看着
烏雲滿佈的天空，感覺到我的心的顏
色變了，變成一片灰色、一片黑沉。

後來，家裏的經濟狀況漸漸差
了，我們三餐草草吃了就算。哥哥和
我不再吵架，我也不再嚷着要買這買
那，因為我們知道，做手術肯定要
花很多錢。當時香港經濟低迷，正受
「九七」回歸後的「金融風暴」的影
響，我覺得家裏也有一個小小的「金
融風暴」，破壞的不是經濟，而是全家
的快樂。

不久，爸爸出院了，他回到家
中，像有很多感慨，滿懷心事，但我

● 簡單數語交代了
爸爸住院後家中的轉
變。並以家裏的小
「金融風暴」具體道出
爸爸住院對家中的影
響。

由始至終沒聽過爸爸說一句怨天尤人的話。我問爸爸究竟做了甚麼手術，爸爸淡淡告訴我他喉嚨裏有腫瘤，但已切除了。自爸爸回家後，我沒有聽過爸爸以沉厚的嗓音唱歌，也沒有聽過爸爸吹口哨，他以前可以吹出一整首動聽的歌呢！從此，代替爸爸唱歌的就是一部小小的口風琴。爸爸身體差了，不能再往內地工作，所以在香港找了一份日薪少了三分之二的工作。

● 記敘爸爸出院後的轉變，以沒有再聽到爸爸的歌聲，道出病魔對爸爸的傷害，字裏行間流露出作者的難過心情。● 家中眾人因爸爸的笑而再次展露笑容，道出爸爸對家人的重要。

日子一天天的過去，慢慢地，爸爸又笑了，大家也跟着笑了，他又會哼出幾個音符了。

雖然物質生活沒有以前好，可是能夠再看到爸爸開懷的笑容，我終於可以舒一口氣了。

● 交代出能再次看到爸爸開懷的笑容，終可舒一口氣，呼應題目。

總評及寫作建議

　　本文記敘與抒情結合，感情自然真摯。倒敘法運用純熟，首段先寫每次看到爸爸憔悴的臉便會想起那痛苦的回憶，引起讀者閱讀的興趣。之後倒敘往事，利用比喻及想像，把爸爸笑容的苦澀化成自己的苦，將內心的難過和痛苦托出，把抽象感情具體化，以易於感染讀者。

　　本文記述，文章雖未見流利，惟感情真切動人，透過簡單的記述，將作者一家人的深厚感情交代出來，令讀者為之動容。

　　本文題目限制較少，同學寫作本文時，可多運用想像力，加以構思。另外，同學宜將感情以生動的比喻表達，一方面能具體表達感情，達到動人的效果，另一方面能增加文章的可觀性。

老師批改感想

　　記敍文為一常見的文體，學生一般較常選作，惟表現卻多欠突出。究其原因，乃在於同學未能圍繞寫作重點記述。正如老師批改此二文時，亦每每發現同學的文章欠缺重點，甚至東拉西扯，不知所云。為讓同學能易於掌握，寫作前，老師可先多提醒同學確立文章重點，然後環繞重點寫作。老師亦宜提醒同學留意文章的剪裁，無關枝節者不應保留，以免影響內容之餘，亦破壞文章的結構。

竹鄉的回憶

年級：中四
作者：傅紫晴
批改者：詹益光老師

設題原因

本文為記敘文練習，目的是讓學生使用倒敘法，寫出一段經過，並在文中抒發一定的感情，或加入細膩的描寫、說理的文字，從而掌握比較複雜的記敘文的寫法。

批改重點

1. 運用倒敘的技巧。

2. 在記敘中加插抒情、描寫或議論成分的能力。

批改重點說明

1. 審查學生能否以倒敘法，前後呼應地寫出本篇。

2. 審查學生在寫作時，能否注意融合抒情、描寫或說理的成分。

批改正文

範文 評語

深宵，鄰家的吵鬧聲使我從夢中驚醒過來，在牀上輾轉反側，怎樣也不能入睡。既然閒着沒事幹，在牀上打滾發呆，倒不如把一團糟的房間收拾好。在執拾地上雜亂無章的東西時，突然發現大堆稿紙下遮蓋着一本尋找多時的書。打開書頁，一層又一層的竹海便霎時湧現於腦海中。

記得那時正是春天，我和友人到江南的竹鄉作客，我們沿着一條石子路深入竹海去。置身竹林間，仿佛是走進迷宮一樣，充滿奇趣。兩旁高大的竹林把猛烈的陽光全都遮蔽了，使我們能夠在舒適的環境下與竹子接觸。當一陣風吹過來的時候，竹葉的說話聲好像要把我們的煩惱消除似的，叫我們在這兒盡情享樂。當無數

● 文章起筆寫深夜不眠，檢出舊照片，從而回想遊覽竹鄉的記憶。這裏用上了倒敘的寫法。

● 寫遊覽的季節並描寫竹海景象。作者個人的印象是充滿奇趣，都融合在字裏行間。以櫻花飄降比喻竹葉，頗為新穎。

竹葉掉下來的時候，猶如櫻花飄降一般，構成了一幅典雅的圖畫。

　　穿過竹林後，我們來到竹海中的村莊。村莊裏看到的景物，全是用竹子製成的，真要讚歎民間工匠的巧妙手藝。當地人還邀請我們在那裏吃了一頓飯，品嘗了道地的菜餚，使味蕾得到極大的享受。竹鄉出產的東西，真是另有一番獨特的風味，就連山珍海錯也比不上。

● 記述穿越竹林及作客竹鄉的情形。這裏可以看到本文主體部分是以步移法來寫作的。能使記敍流暢，便於閱讀。

　　這段回憶到現在還是那麼難忘。看着夾在書頁中的一片竹葉，好像又聞到竹子散發出來的芳香，仿佛又置身於寧靜、舒暢的竹林中。真沒想到收拾房間會有這樣大的收穫呢！這樣一想，即使自己是被吵醒的，也不介意了。

● 結尾回應起筆被鄰家吵醒，並以抒發懷念竹鄉之情收束，首尾呼應。全篇中心思想是對竹鄉的懷念。

總評及寫作建議

從練習的角度看，本文用倒敘法、用步移法來記事，中間加插竹鄉的描寫，以及個人感情的抒發，正好符合寫作練習的要求。文中如能擴充一下記載竹鄉作客的部分，對當地人的熱情下一番描繪的工夫，當可使文章中的人情味更為濃厚，也更易感動讀者。在敘事方面可以增潤，在寫景、抒情方面當然也可以的。至於說理，本文並沒有下過多少筆墨，要寫仍有較大的空間。

記一次慈善活動

年級：中四
作者：傅思勵
批改者：詹益光老師

設題原因

這篇也是倒敘法練習，要求同學運用倒敘法，敘述一件親身經歷的事情，並抒發一定的感想。

批改重點

1. 倒敘法運用是否得當，是這篇文章批改的重點。

2. 寫出親身體驗的事件，並抒發感想。

批改重點說明

1. 運用倒敘法目的是製造懸念，引起讀者思考與閱讀的興趣。倒敘的內容與內文前後要有一定的呼應。

2. 參與慈善活動是很多學生共同的經驗，怎樣寫得活潑生動而又新鮮動人，是另一個批改重點。

批改正文

範文　　　　　　　評語

那年的冬天，我在人來人往的百德新街逗留了一整天，直到黃昏時分，我這個經歷過連番「征戰」的「戰士」終於都要回家了。我左手還拿着的「出征通告」，不禁令我回想起「出征」前夕的事兒。

● 起筆即以比喻製造懸念，並以倒敘法引入正文。以「征戰」為喻體，暗示下文所述的事情相當艱苦，頗能引起讀者追閱的興趣。

服務前一天，我凝望着剛領到手上的緊急服務通告，心情既興奮又緊張，同時亦感到手足無措。這次服務通告是我所隸屬的香港女童軍總會發出的。我常希望能夠為總會服務，這次突如其來的機會自然十分難得。通告要求我們自備錢箱等工具，當天晚上，我十分忙碌地準備好所需物品，直至夜深才能睡覺。

● 從活動的籌備開始敘述，並且寫出當時的心情。

當太陽剛升起時，我已身處百德新街，為這次慈善活動做準備工夫。

我們一隊人先分好組，各小組出發到崗位上，接着便開始售賣獎券。

時間已經是早上七時半了，街上擠了很多的上班一族。起初我以為售賣獎券是一件很輕鬆的工作，沒想到過了半小時後，我便變成一個售賣獎券的「戰士」。我說出來的每一句說話、每一個字，仿如機關槍所發出的子彈，快而乾淨利落。那些請途人買獎券的說話，我大概說了好幾百遍，嘴唇和口腔都因而乾涸了。我不停為「機關槍」補充「彈藥」，手也變得紅紅腫腫，十分疲累。當然不只我一個有這樣的感覺，其他隊員亦一樣感到疲累不堪。但是我們能夠幫助別人，那心情就如「戰士」凱旋而歸，受萬民歡呼迎接一般的高興！

● 這裏寫賣旗活動帶來的苦楚與感受。其中以「戰士」自喻，回應了第一段的懸念，達到首尾呼應的效果。

雖然只是短短的一天，但是我所得到的比付出的多許多——疲累不堪

● 結尾歸納整天活動的得着，並以回應文首的回想作結。其中

的身體換來了一張口齒伶俐的嘴巴，
和一副經得起磨練的體魄。更重要的
是與朋友之間的感情加深了，並且享
受到幫助別人所帶來的喜悅。即使現
在已是事隔數年，那種疲累與喜悅，
仍然一樣的酸與甜呢！

> 提到身體疲累和口齒變得伶俐，也能與前數段相照應。

總評及寫作建議

　　義工服務是許多學生都經歷過的事情，一般用順敘記述的多，寫樂與寫苦往往會很抽象，但本文能以倒敘法寫作，並且比較細緻地寫出活動過程以及身心感受，可說較為全面。當然，像街頭賣旗這樣的活動，實在十分普遍，能寫出甚麼就看相當偶然的「奇遇」，或者作者獨具的心思。以本文為例，既然要突出賣獎券如「作戰」，組員是「戰友」，那麼為甚麼不寫寫那些「敵人」，寫寫那個「戰場」呢？

老師批改感想

　　記敍文是學生常寫的文體，不過往往寫得平平無奇。原因之一是學生多採用順敍法，並且忽略事件的重心，開頭寫得太長，或者枝節過多，以致冗贅不堪，又毫不動人。讓學生以倒敍法來突出重點，並把握住事件的重心，或鼓勵學生以非常的手法來表達一般人看似普通的事件，有時可以提升記敍文的可讀性。當然，也有一些學生想過了頭，寫出千奇百怪的事情，以致老師批改時啼笑皆非的。折中的辦法是預先估計學生可能出現的「胡思亂想」，特別聲明歡迎「出乎意料」的構思，但必須做到「合乎情理」。

記一次衝突

年級：中七
作者：謝麗賢
批改者：劉添球老師

設題原因

　　生活少不了衝突，通過回顧，讓同學反思相爭只會帶來傷害，勝利的冠冕不會戴在任何人的頭上。藉刻畫往事，讓同學掌握交代事情始末及描述心理狀態的寫法。

批改重點

　　1. 選材與鋪敘安排。

　　2. 抒情與析理融合。

批改重點説明

　　1. 選材決定了文章的一半成敗，衝突是大是小、是激是淡，都影響了文章的吸引力。鋪敘方法也很重要，能把錯綜複雜的衝突交代得有條不紊，方為上品。

　　2. 述事須不忘抒情與析理，三者不能偏廢，心理狀態描述是文章重點，從衝突中體悟人生道理不可或缺，否則，文章徒具軀殼，欠缺靈魂。

批改正文

 範文

評語

在我的生命裏，曾發生過很多衝突，與父母、弟弟、朋友和同學都曾有過。然而，這些衝突都只是一些雞毛蒜皮的小事，我也不曾放在心裏。與其為這些無謂的紛爭傷害感情，為何不想出更好的辦法去解決問題？但有一次，也是唯一令我深刻難忘的一次……

● 首段點題，講出對衝突的看法。至段末筆鋒逆轉，以啟動下文，引起讀者注意。

現在看來，那次衝突當然並非大事，甚至可以說是一件小事，但我那時年紀小，怎會知道事情的輕重。兒時，不是可以多一點率性而為嗎！

● 為衝突定性。這是一種寫法，但亦可考慮不由自己下定論，由讀者自行感受。感染力強的文章自能達到這效果。

事件的由來從影印開始。那次，我只是盡我班會財政的職責，為需要影印工作紙的同學收取影印費。然而，那次班長竟對我說：「誰收錢，誰便去拿影印。」此時，我的心情極為

● 這段講述衝突的糾結所在，交代事情始末，亦能在敍事中帶出當下感受。這是衝突的副高潮。

驚訝，因為拿影印紙本來不是我的職責。當時我的腦海中只浮現着「為甚麼？為甚麼？」一會兒後，我清醒過來與班長據理力爭。我曾建議兩人一起去拿，但他反對。他說每次只有他自己去拿，所以他也要我自己去拿才公平。

最初，我還是應允了，但後來不斷有同學說他這樣做不公平，根本就是有心為難。我想也覺得他是有心為難我。所以，我把此事告訴班主任知道。此時，我們的衝突才真正開始。

在班主任面前，我們你一言、我一語，大家互不相讓。班主任努力調停，班上同學議論紛紛。大家都覺得我們很無聊和浪費時間，甚至有同學覺得我很多餘。此時，我才覺得自己像小丑一樣可笑。

最後，這件事雖已解決了，但

● 事情有所反覆。說明了我們活在一個互動的世界，別人對我們的影響永遠存在，獨善其身何其困難。安排這一段落也能讓事情主脈多了點迂迴。

● 這是衝突的主高潮，卻仍可寫得更深刻。譬如描寫一下對方的神情動作、就一段對話作出反應、班主任的具體勸解等，都可以令文章更豐富。

我覺得自己就像敗軍之將，因我竟成為了眾矢之的。這次衝突也令我明白到，衝突並不單是兩人間的事，這還涉及其他人。而衝突，往往不會像比賽中有勝負之分，只會兩敗俱傷。

● 這段講述衝突後的當下處境與感受，也是文章的體悟與析理所在。

自那次以後，我與班長的關係雖還不至太惡劣，但我知道我與他很難再成為好朋友。我們中間已有了芥蒂，一道無形的牆，我們再不能真誠相待。

● 再述衝突的後遺症，以加強上段所述的領會與道理。

這次衝突發生於我小學六年級的時候，雖然事隔多年，但我也不能忘記。因這已成為了我心中的一個教訓，他時常提醒我，與他人衝突並不會有好結果，反而會破壞大好友誼，這件事令我學懂了忍讓和體諒。

● 結語部分頗能呼應第一、二段。最終學會了忍讓和體諒，也就是生命之所得了。

總評及寫作建議

　　限於衝突性質，小風波很難作牽涉面廣、深刻度高的描述。處理這類題目時，關係交代與心理刻畫成了主要課題，同學在這方面有不錯的表現。

　　在構思章節段落時，可從生活的每個層面細想，何妨加上家人的見解與支持，設一幕睡前與母親的談話，讓母親細意聆聽及執手相勸，可令文章更生色！

我的第一次

年級：中七
作者：李穎欣
批改者：劉添球老師

設題原因

啟迪同學對生活的重視；通過回顧與反思，細味生命的愉悅或憂感。藉刻畫往事，讓同學掌握記敍、描寫、抒情的結合寫法。

批改重點

1. 意念、結構、段落的安排。

2. 記敍、描寫、抒情的融合。

批改重點說明

1. 這題目的可塑性很高：一是選取嚴肅的人生課題；一是走輕鬆路線，嬉笑自謔，亦可成文。選材的主調決定了段落結構是嚴整，還是跳脫多變。

2. 記敍須不忘描寫與抒情，記敍是「車」，「車廂」內載的是描寫與感情，兩者若缺，則文章淡乎寡味。文章之能動人，在乎筆觸能否與文章調子相結合。

批改正文

 範文

 評語

　　若你問我，第一次接觸死亡是甚麼時候，我會回答：在我十二歲那年。那一次是我首次接觸到死亡，讓我認識到它摧毀生命的威力，令我的人生觀起了很大的變化。

● 開門見山，題旨清晰。死亡是人生重要課題，所以毋須蓄勢，毋須轉彎抹角，已然吸引。首段除明白宣告文章講述甚麼事，也點出了將會訴說甚麼情。

　　事情的主人翁是我的外祖父。由於父母要上班，無暇照顧我，所以我自幼便和外祖父母居住。也因此，我和他們建立了一份深厚的感情。

● 點出主角，也交代作者與主角的關係。段末「建立了一份深厚的感情」下開第三至五段。

　　外祖母是個嚴肅的老人家，她不喜歡我只愛玩樂，荒廢學業；相反，外祖父認為童年不妨嬉鬧，只要懂得節制便可。就是這個原因，當年還是愚昧無知和貪玩的我，較愛跟外祖父一起；直至長大後，我才明白外祖母的苦心，這我是理解的。

● 寫人，自然要寫形象。外祖父母分別代表了寬宥、執善的不同性格。描畫雖少，形象卻清晰躍然。

談到兒時，我還記得外祖父很愛上茶樓。他常帶我到酒家吃點心。接着，便是最期待的環節，就是在酒家下面的公園玩耍。每次外祖父到那酒家吃早點，他都會買魚糧給我。那些魚糧是我用來吸引公園水池內的小龜和鯉魚的。分量雖然不多，但已經足夠讓我消磨一個下午了。

● 記敍與外祖父一起的快樂生活。若要加強文章末段外祖父去世的震撼，這些不能不寫，甚至可以再多寫一二事。

記得有一次，父母放假，便與我和外祖父母往那酒家用膳。那次爸爸媽媽帶了照相機，替我們輪流拍照，一家人玩得非常開心。可惜，這個快樂的片段不可復再⋯⋯

● 承接第四段。段末一句是文章氣氛的分水嶺，成功牽動讀者思緒。

自那次以後，為了方便上學，父母決意把我接回家中，外祖母也跟着我一同遷往父家。外祖父深怕不能適應陌生環境，堅決要留在舊居。我有點捨不得，故我答應每個週末都會去探望他、陪伴他。

● 筆調轉趨平緩，再作蓄勢，牽引讀者心理的能量更強。

有一次，外祖母和我返抵舊居時，發覺外祖父正在熟睡，還臉帶笑容。我像以往般摸一下他的手，我頓時驚慌起來。他，怎會如斯冰冷的？我用盡力去呼喚他，但他卻沒有反應！外祖母立即打電話召來警察和救護車……

● 這是文章的高潮所在，卻仍可寫得更細膩。譬如說，一直沒有描寫過外祖父容貌，大可稍稍形容外祖父像在「熟睡」時的面容特徵。

就在那天，我深切地體會到死亡的可怕，令我明白要珍惜身邊的一切，也使我恨自己，為甚麼要讓外祖父離羣獨居。我真的不願意失去他……

● 這是首段所說的人生觀變化了，然而仍可多加筆墨，更深刻表達事情給你帶來的轉變。● 建議下加一段，記述往後辦理喪葬的日子，外祖父逝世帶給家人的傷痛與生活變化，以加強傷逝感覺。

這是我一生中第一次心痛、第一次接觸死亡。

● 結語以一句話收結，既呼應首段，也收情思裊裊之效。

總評及寫作建議

古人云：「修辭過於繁密則文章肉勝於骨，過於寡淡則骨勝於肉。」惟文章之動人處，在乎義理、在乎感情，修辭只為其輔。同學捉摸了一段難忘的經歷，以平淡的筆觸道來，鋪敍自然，訴情真摯，若能再加生活事件豐潤則更佳。

老師批改感想

要寫好記敘文，事情的主線和支線鋪敘至為重要。若同學在動筆前沒有好好構思，則容易出現主支不分，甚至支線搶奪主線的毛病。述事混亂、重點游移自然是文章的大病。

記敘相異於描寫。文體訓練重在複述鋪敘，批改的重點亦應在此。無論訓練同學的憶述能力，還是想像的創作能力，都要求同學作出合宜的鋪寫模式，或順敘、或倒敘、或插敘、或意識流，老師宜在寫作前清楚介紹。

在記敘文裏，修辭描寫雖非重點，卻不能不用。然而，卻不宜過於繁麗，否則，文章流於質性不明。寫作很奇怪，當你自矜於雕琢時，便會疏於敘事，文體訓練之功便不能達到。

正如「批改重點說明」所云，記敘是「車」，「車廂」要載上感情，不能空洞。記敘與抒情的共融性比與修辭描寫的高。老師在指引寫作時，宜提醒同學鋪敘事情，為的是要表達那種感情、那種心志！

鉛筆的自述

年級：中六
作者：阮文泰
批改者：歐偉文老師

設題原因

配合中六中國文學科課文〈逍遙遊〉，希望學生透過日常接觸的事物，發揮豐富的想像力。

批改重點

1. 倒敘法的運用。
2. 情節處理的能力。

批改重點說明

1. 倒敘法是記敘文經常運用的手法，好處是能夠吸引讀者的注意。對預科同學而言，應該可以熟練地運用這種手法，故特以為批改重點之一。

2. 記敘文鋪排需要有條不紊。第二個批改重點，即着重分析學生行文如何緊扣情節、推展情節。

批改正文

「作為一枝鉛筆，我感到光榮萬分。」當身體斷開兩邊，上身落在南極，下身留於北極時，我突然感觸起來。「光榮」這種感覺玄妙非常，還沒得到時，總會說：「光榮是浮雲，與我無緣。」得到後，卻心感微甜，想要多些，猶如甜心巧克力。

意識模糊，人類的電視劇集常說：「人在死前，總會綜觀一生，看自己的得失。有沒有值得留戀的人？若然有，又會是誰？」到了今天，我才知道，鉛筆也會追憶，追憶流傳在世的故事。

一九八七年，過了立春，靜待驚蟄來臨。那年我剛剛彌月，鉛筆不像人類，人類需要時間培育，才能確當地思考；鉛筆生命苦短，等不了主

● 第一、二段透過鉛筆臨終前的遐想，先交代鉛筆的下場，引起讀者的懸念，於第三段說明鉛筆「死亡」的原因及經過，妥貼自然。

● 開始具體倒敘鉛筆一生的遭遇。這段文字用語悲涼，隱隱然透露鉛筆的結局。

人教導。幸好造物主仁厚，在鉛筆出生時，已為它們裝上腦袋瓜。出生已能確當思考，或許是好事，或許是壞事，因筆而異。而我，天生一副悲哀相，憂鬱是我的食糧，不想吃，卻不能不吃。我常常想，成為鉛筆，和主人同住，為主人效勞，或許是宿世因緣，在我生命燃燒殆盡之際，正是投身成人那年。立春，是花期；花開得壯麗，凋謝時，也會絢麗；而鉛筆，則呆過一生，當身體慢慢縮短，直至湮滅，鉛筆還不知道，自己究竟在一生中，幹過甚麼事。今天，我為自己被斷開而感到萬幸。至少，我知道自己幹過甚麼，主人的命，是由我的命，兌換回來的。

待人忠，是鉛筆的使命。使命感這東西和腦袋瓜一樣，是與生俱來的。誰人重用你，則需輔助他。生與

● 宕開一筆，由鉛筆的口，間接交代女主人的才貌，推展情節。● 寥寥數筆，一

死之間，我只有一個主人，不是我不
忠於他人，只是，主人沒把我借出而
已。說到主人，可算是個美人兒，在
人類世界中，無數男孩拜倒其石榴裙
下，經常有些不明來歷的字條出現在
我家中（所謂的家，是筆盒先生的肚
子），可見人氣指數高。難怪男孩們鍾
情主人，她美貌文采俱全，人美，字
更美；字美，文采也風流。身為她的
助手，我同樣光榮，甚至忘了自己是
枝鉛筆，模仿着男孩，留一段心事於
長長夜空。

　　冬至來臨，活了百多餘天，每
天都心存夢想，幸福非常，直至那夜
出現。還記得那夜沒有星光，不見月
亮，看不到遠山上的綠茵，只有白雪
飄零。那夜，筆盒先生的肚子裏多了
封信，信上寫着主人深愛對象的名
字，是個名叫偉的人。筆用久了，筆

方面勾勒女主人的形
象，一方面鋪墊鉛筆
對女主人既「忠誠」
復「鍾情」，埋下結
局以身殉主的伏線。

芯會斷，「芯」字的寫法雖和「心」字不同，但在鉛筆世界中，是相差無幾的。簡單地說：「那夜，芯碎了，碎成一朵花和三個心形碎片。」

自此，「逃避」成為我的生活方式。為了接受自己今生是鉛筆這個事實，我和筆盒先生及同居密友商量好，每當主人選擇鉛筆，筆盒先生總把我捲到最後，同居密友總會擁前。主人沒有發現這場筆盒裏的小風波，可能根本就沒有留意。某日，筆盒先生問我：「為何要逃避主人？」我回答它：「為了保存鉛筆的自身價值。」筆盒先生諷刺道：「原來你的自身價值是不忠於主人。」流離兩夜，想起那話，才明白，這原來是保護自己的藉口。那天，正是立春。

● 「立春」下開第七段。

時間過得急促，第二年立春過後，驚蟄又來，名導演王家衛先生，

● 交代時序，回應第三段鉛筆生於立春前後，冬去春來，季節

特別喜愛這兩個節氣，可能是有詩意的關係。這夜，我斷開兩邊，上身落在南極，下身留在北極，意識模糊，卻想起種種因果和段段故事。在這充滿詩意的死亡前夕，我並不了解偉為何會手持槍械，我想主人也感到疑惑，當子彈射進主人胸前的筆盒先生時，我向垂死的它要求：「我的芯肝較硬朗，請讓我擋在前面。」筆盒先生為了還我心願，用苟存的一口氣，挪動身軀，把我捲到它的傷口後面。

筆盒先生死亡，由高處墜下，把早已斷開的我，跌得更遠。

眼看偉因槍聲而暴露行蹤，被拘捕了。我閉上雙目，靜待下生為人，為自己寫下〈鉛筆的自述〉。

移易，鉛筆已快一週歲。● 回應第一、二段，交代鉛筆身體斷裂的原因，結構首尾呼應。

總評及寫作建議

本文遣詞造語，準確生動，透過鉛筆臨終前的自述，倒敍鉛筆一生經歷。全文以敍事為主，描寫、抒情為輔，三者緊密結合，娓娓道來，把鉛筆的遭遇寫得栩栩如生。作者敍事層次分明，情節處處照應，人物描寫具體細膩，景物烘托配合氣氛，鉛筆心繫主人，捨身為主之情表露無遺。

記敍文要寫得嚴謹，下筆前先要作通盤的構思、充足的預備，例如透過伏線，牽引下文情節。中四課文〈廉頗藺相如列傳〉，首段先寫廉頗、藺相如的身份，後來廉頗辱罵相如便有所據。以後大家寫記敍文時，切忌草率馬虎了！

古人說：「積學以儲寶。」多閱讀名家的名作，累積養分，默存於心，從來是創作的入門方法。上文作者用字優美，下筆一氣呵成，顯然是「積學」之功。許多同學望（作）文生畏，詞不達意，就要好好下點苦功了。

鱷魚訪港記

年級：中六
作者：麥穎珩
批改者：歐偉文老師

設題原因

　　二零零三年，小鱷大鬧山貝河，迅即成為全城焦點。中外捕鱷專家佈下天羅地網，希望生擒小鱷，最後均告束手。傳播媒介為此大肆「直擊」報道，校園內外，學生之間口耳爭傳。因此，老師特以「鱷魚訪港記」為題，讓學生從鱷魚的角度，擬寫文章一篇，發揮個人的想像力。

批改重點

　　1. 運用第一人稱的敘事手法。

　　2. 透過敘事，表達深刻的主題思想。

批改重點說明

　　1. 題目既為自述，必須以第一人稱作為敘事手法。這種手法若運用得宜，可以刻畫主角（即文中的「我」）的性格特點。選擇以第一人稱作為批改重點，是要衡度作者透過這種手法，能否突出主角的性格。

　　2. 文章不宜平直淺露，敘事若能以小見大，引起讀者深

思，方為上品。所以批改的第二個重點，主要分析文章是否能表達深刻的主題思想。

批改正文

 範文 評語

我從水裏露出眼睛，確定周遭並無危險，便徐徐游向對岸。當前腳觸及鬆軟的泥土時，我的半個身子亦隨即浮出了綃紗的水面。回頭一望，背上圓滾滾的水珠與耀目的陽光結合，令我閃爍着點點金光，照亮了這特區人民苦悶的心靈。

● 採用第一人稱，鋪寫鱷魚的形象。文筆很細膩靈巧，把鱷魚小心謹慎的神態表露無遺。● 末句結合時事，突出困境下香港人的感受。

我放鬆身體，以平靜的心境享受這難能可貴的日光浴。嗨！不要用奇異的眼神望我，難道鱷魚就不能喜歡曬太陽嗎？你們人類也有說要享受生活嘛！真奇怪，鱷魚享受生活也只不過是偶爾曬曬太陽，小睡片刻，悠哉悠哉！而你們人類呢，也不好好靜下來睡一睡，一會兒建這個，築那個，

● 寫鱷魚以曬日光浴為美事，世人卻終日營營役役，不懂這種情趣，淡然對照，諷刺之情，溢於言表。

建了又拆，拆了又堆，堆了又填，蓋
着自己才算「享受人生」！唉，整天對
着一堆不能吃不能喝的奇怪東西，又
有甚麼意義呢？

陽光包圍着我的全身，我索性閉
上眼睛，用感覺來享受這自然界的恩
賜。舒服的感覺令我連足上的爪子也
漸漸鬆弛下來，軟軟的躺在同樣軟軟
的泥土上。我知道我爪子下這片土地
的名稱，這裏叫「香港」，又叫「東
方之珠」——這當然是你們人類起的
名字喔！人類命名的準則令我更摸不
透你們的習性。就我身處的這小小湖
泊——山貝河來說，周圍沒有香氣
四溢的嬌花嫩草，附近沒有高聳入雲
的山巔山脈，也沒有細細顆顆的小貝
殼。河裏的水像紗布——混濁的色澤
透不到底，淡淡的陣陣怪異臭味從遠
處飄送而至，流連不散。據我所知，

● 承接第二段，借
鱷魚曬日光浴時的感
受，指出香港人嚴重
污染環境，「香港」已
名不副實，諷刺深
刻。

人類對「香」這字的解釋應該不包括這種環境吧！

至於「東方之珠」這名字我倒覺得貼切，這裏是我看過最多星星的地方。這裏的晚上，在遙遠的彼端會出現無數顆又圓又亮的星星，閃閃發光十分漂亮，數目之多令人眼花撩亂。不過，最奇怪的是這些星星只會出現在低空範圍，而且從來不會移動。究竟這是星星，還是萬家燈火，我也無從深究了。但就是為了看這些星星，我才甘願留在這個奇怪又危險的地方。

● 由鱷魚第一身的見聞，具體描寫鱷魚好奇純樸的形象。

柔和的陽光充滿全身，此刻的我連賴以生存的點點警覺也拋開，一心一意享受這片刻寧靜。危機感是動物生存本能，身為鱷魚的我自然天生擁有。然而在這神奇的地方裏，我才真正感受到這項天性的重要。當我初來步到時，原本安然無事，但不知何

● 承接第二段，進一步寫人心不靖，不但危害環境，動物也蒙受其害，故此縱然鱷魚但求在小河安身，也非易事，寄意深遠。

時起我寧靜的小水泊來了一大羣人。
我不是一隻佔有慾強的鱷魚，我甚至
歡迎偶然有別人來分享我這寧靜的生
活。但過了不久，我發覺這些人不是
這樣想，他們帶着攻擊性的，想把我
驅逐或捕獲。唉，為甚麼要這樣呢？
我自問沒有傷害你們啊！

　　直到現在，那大羣大羣的人在
我巧妙的閃躲後總算漸漸放棄，肯暫
時離開了。我再拾回平穩的生活。像
現在般無掛慮地午睡，另有一番趣
味。雖然這裏亦不是一個值得表揚的
地方，環境也不比別處好，但我已經
對這裏產生了依戀。如果可以，我向
溫暖的陽光起願，祈求你們人類忘記
我的存在，讓我可以夜夜欣賞閃閃繁
星，再在早上陽光下享受和煦的世間
溫暖。

● 透過鱷魚自述對看
星、曬太陽等生活甘
之如飴，活現鱷魚隨
遇而安、恬然自適的
性格。

總評及寫作建議

　　這篇文章所記的事極為簡單，卻透過第一人稱，寫活了鱷魚的神情動作（第一段），凸顯了鱷魚的思想感情（第二段及第六段），用字生動。此外，又藉鱷魚眼中的許多「幼稚」想法，與人類相比較，諷刺人類肆意破壞環境，不懂珍惜眼前的一切，主題深刻。

　　行文貴乎精練，以小見大。例如魯迅的〈一件小事〉，借車夫把撞傷的老婦人送院一事，歌頌人類的美善品格；胡適的〈差不多先生傳〉，透過差不多先生的言行，諷刺中國人馬虎草率的處事方式。這兩篇文章寫的都是小事，立意卻超越時空，令人產生共鳴。麥同學這篇〈鱷魚訪港記〉，文字內容或尚有沙石，但以小見大，與名家立意同出一轍，可以說是深思之作。

老師批改感想

　　眾多文體之中，許多學生認為記敘文掌握較易。然而，上佳的記敘文需要妥貼剪裁，輕重分明，才能避免平淡乏味。一般學生選擇創作記敘文，只是貪圖下筆容易，可是缺乏具體的佈局構思，行文便如流水賬，不易吸引讀者。如果希望學生寫好記敘文，老師宜配合記敘單元，讓學生多閱讀名家名篇，了解記敘文剪裁佈局的方法；如有同儕舊日佳作，參照觀摩，然後囑咐學生下筆創作，學生自能見賢思齊，謹慎構思。

　　近年，一般學生對中文科命題作文興趣日減，老師要引起他們的興趣，必定要多花心思，例如擬設新穎有趣、切合學生生活的題目，刺激學生的想像力，令學生用心創作。這樣即使學業水平較弱的學生，也往往有神來之筆，老師批改時亦必得心應手。

一件小事

年級：中三
作者：張綺婷
批改者：歐陽秀蓮老師

設題原因

　　許多同學一見作文題目就叫苦連天，不假思索，便高喊：「沒甚麼可寫。」只要平日細心留意日常生活的事情，哪怕是一件微不足道的小事，也值得去看、去寫。選題的目的就是要讓同學明白，只要肯用心觀察與記取周圍的人、事與物，小題目也可以做大文章。

批改重點

　　1. 處理情節的能力。

　　2. 表現主題的能力。

批改重點說明

　　描敍生活中的小事，教人印象深刻，主題是其靈魂。通過情節上開端、發展、結尾的處理，帶出一個有意思的主題，讓人深省，有所獲益。

批改正文

 範文 　　　　　　 評語

火車站的出口處，有一個砵仔糕小攤兒，那兒的砵仔糕總是熱騰騰、香噴噴，味道上佳，叫人好生難忘。

難忘的不僅因為那份齒頰留香，更是它那份可遇而不可求的親切感。

那天的氣溫頗低，寒風像是揮之不去的蚊蠅，總是叮着我的頸背，纏人得很；沒有繞上圍巾的我，感到分外冰冷，直打了多個噴嚏。猛然想起火車站出口的砵仔糕，不知怎地，已暖了一大截。

甫出閘口，急步的走到砵仔糕小攤兒，差點兒沒有飛奔過去，為的是吃一口暖意直沁人心脾的砵仔糕。

停在小攤兒前，未嘗砵仔糕，仿佛已嗅到夾雜在寒風中的砵仔糕香味——那份令人再三細味的香甜味道。

● 情節的開端。表現主題的能力：一開首便開宗明義，點出一件小事所賦予的體會。這樣揭示主題，讓讀者印象深刻，有先入為主、一針見血之效。

● 情節的發展。以簡潔對話交待事情的發展，字裏行間緊扣主題「可遇而不可求的親切感」。這種以滲透方式表現主題的能力，較之另起一段點出主題的手法，既避免了說教訓誨的味道，又略勝一籌。

　　這刻守攤兒的是一位老伯伯以及一位小女孩。老伯伯總是笑臉迎人，即使途人只是停下來看一看，他仍是說「謝謝」，好像已光顧了他一般，感覺十分親切自然；而那小女孩倒是頭一遭見，默默的把玩着指頭，坐在老伯伯身旁。

　　「麻煩給我一個黃色有豆的砵仔糕。」我邊說邊找錢包。

　　「好的。好的。」老伯伯和顏悅色地說。「很燙，小心啊！」他把放在膠袋中、用竹籤串着的砵仔糕遞給我。

　　「勞煩了。」我接過砵仔糕並付上一張五十元大鈔。「不好意思呢，我只得這張大鈔，找不着零錢……」

　　「不要緊！不要緊！」老伯伯和藹可親稱道，並從腰包掏出一堆紙幣及零錢；動作有點緩慢，使我更加汗顏。

　　「這是找給你的。謝謝你的光顧！

● 表現主題的能力。一件小事除了予人「親切感」外，還帶出了「人間有情」的副主題。情節上的變化，更能凸顯一件小事雖平凡微小，背後的精神與意義卻是難能可貴的主題。

砵仔糕很燙呢，留神啊！」老伯伯再三叮囑我，心底那份親切感慢慢滲透出來。

我邊舉步離開，邊忙着把一堆紙幣和零錢分類放回錢包。路走到一半，後面傳來急速的腳步聲——

「姐姐！」一把稚嫩的聲音傳入我的耳中。

我回頭一望，原來是剛才那位默默不語的小女孩。

「剛才你給了錢，卻遺下了砵仔糕呢！」她把手上的膠袋遞給我，並天真爛漫笑了；這時我才發覺自己真的遺留了砵仔糕，我連忙向她稱謝；而她，則好像完成了一項重任般興奮，蹦蹦跳跳地回到小攤兒去。

我望着她蹦跳着的背影遠去，突然，她又回頭對我大聲地說：

「砵仔糕很燙的啊！小心點兒

喔！」説罷，帶着笑容，繼續蹦蹦跳跳地向前走去。

　　火車站的出口處，北風依然使勁地吹，人流依然絡繹不絕，大伙兒走着走着，面孔總是冷冷冰冰；但在這冰冷的日子裏，小小的砵仔糕不但暖透了我的雙手，更實實在在地暖透了我的心。

● 情節的結尾。以環境的冰冷襯托人情的溫暖，首尾呼應，深化主題，讓讀者的印象更為深刻。

總評及寫作建議

　　從事情的鋪寫，娓娓道來一件小事，既平實又饒有深意，反映良好的情節處理能力，尤其是緊扣主題，把人性之美發揮得淋漓盡致。然而，單從説話反映主題略嫌不足，建議從人物動作着墨，這樣更見全面。另外，文章結尾有讓人深思的味道，雖然並非主題所在，但可多加筆墨，以收畫龍點睛之效。或直抒胸臆，或以對比法，凸顯一件小事所賦予的意義。

一件令我感到驕傲的事

年級：中四
作者：丁嘉誠
批改者：歐陽秀蓮老師

設題原因

這是學校一年一度中四級作文比賽的冠軍得獎作品。由於它是優勝作品，加上批改者是我自己，故印象特別深刻。把它選出來，藉以公諸同好，互相欣賞、學習。

批改重點

1. 倒敘法。
2. 記敘文要素。

批改重點説明

這是一篇很典型的記敘文：記敘文要素齊備，運用敘述手法中的倒敘法把事情的來龍去脈交代得一清二楚，是一篇很好的文章。

批改正文

 範文 　　　　 評語

　　今年的陸運會，是我參加了四年以來，感到最驕傲、最引以為榮的一次，因為在比賽當中，我做了一件超越自己、畢生難忘的「大事」。

　　我是學校的田徑隊隊員，說穿了就是乙組跑步最快的幾位。所以對於校內的陸運會，拿獎牌基本上已是十拿九穩。縱使如此，我仍為了這次比賽廢寢忘食地練習了好幾百次、幾千次；有時候一下課就到運動場練跑，一口氣練習四五個小時，往往要媽媽打電話來催促我回家吃飯才走。這段日子難熬，常常想半途而廢；但憑着驚人的意志力，不斷鞭策自己，終於比開學時跑快了三秒。今天我就要把練習的成果使出來，跟隊友比拼比拼。

　　比起「學界王」阿勤，我四百米

● 運用倒敘法將結局提前，有引人入勝之效，引起讀者追看「大事」的來龍去脈的興味。

● 記敘文要素：清楚交待時間、地點、人物，讓讀者對於所記之事一目了然，注意力也只集中於以上三項，有先聲奪人之效。

一分鐘正的成績還是慢了一點兒。我曾經見過他跑出五十七秒的「可怕」成績，但我相信以我起步的反應、反覆的練習以及不斷冒升的狀態，要贏他絕非癡人說夢話。就憑我初賽時跑達一分鐘正的成績，相信決賽將有一番惡鬥。

「四百米選手上線道！」從裁判擴音器傳來令人振奮的聲音，令我對這場期待已久的比賽更加渴望。當裁判宣佈準備起跑時，我的雙手手心直冒着汗，心跳也因為緊張而跳得更快了！「哎哎！」笛聲一響，我便飛也似的彈了出來，以比平常練習更快的步伐，企圖拋離大部分選手。一個、兩個，我超越了三四個選手了，看來我持之以恆的練習並不是徒然枉費的；但是阿勤並不甘心落後於我，一個箭步便超越了我，猶如向我宣告沒有人

● 記敘文要素：起因交待明晰具體，有助說明往後誓要奪魁的決心。

● 記敘文要素：經過緊緊呼應起因，而且二人實力旗鼓相當，但作者爭勝之心遇強愈強，愈戰愈勇，心理描寫相當不俗。

可領着他的鼻子來跑！我心一想：既然你這麼認真，我也來跟你拼命！

我倆愈跑愈快，已領先其他選手四五十米。他跑得愈快，我就跟得愈緊，死咬着他不肯放，他也似乎被我追得喘不過氣來，當然，我也追得氣喘如牛。此時，我回想起過往三年的落敗——我討厭這樣相同的結局！我不要再屈居於亞軍，我一定要搶金牌回來！又想起持之以恆的練習，誓要在今天取勝！爭回一口氣！

我近乎虛脫的身軀倏地回過神來，像是剛點睛的龍，用盡全力去跑剩餘的一百米。阿勤的步伐似乎慢了下來，我就趁這空隙，像豹般跑過他。我超越了！我超越他了！我用盡餘生力氣，到達了終點！回頭一看，我竟比「學界王」快了近兩秒！我不能相信自己的眼睛，不能相信這夢幻

● 記敘文要素：結果，筆鋒一轉，以精練文筆交代驕傲之事及興奮莫名的心情。由於起因、經過的仔細鋪敍，故雖是寥寥數筆，但結果呼之欲出。

般的結局。這面四年以來首塊的金
牌，象徵着一直以來的奮鬥，記載着
我最驕傲的一件事。

總評及寫作建議

一般人寫記敘文多運用順敘法，縱使題材新穎也未能脫穎而出；然本文將一件平凡小事敘述得引人入勝，除了記敘文六要素交代清楚以外，運用倒敘法也得宜。

不過，倘若開首不明言「那是一件超越自己的大事」會更好一些，換言之，只需寫出「……感到最驕傲、最引以為榮的一次，因為……」更能引人入勝，因為若把體會（結果）寫得太多，反而減低吸引力。建議開首那一句「我做了一件超越自己、畢生難忘的『大事』」放於結果部分（末段），讓讀者自行領會那一件令人驕傲的事，不僅擊敗強敵，奪得冠軍，更重要的是超越自己，戰勝了自己，這樣，說服力大增，也容易引起讀者的共鳴。

老師批改感想

　　這兩篇文章予我很強烈的訊息：若對日常生活的大大小小事情稍加留意和觀察，並銘記在心，上作文課時怎會沒材料可擷取呢？誰沒有引以為傲的事？誰沒有遇到過瑣碎的、平凡的小事？關鍵是若不用心記取、咀嚼，許多有趣的、有人情味的片段便如煙般散失於空氣中。

　　當然，懂得運用恰當的寫作手法、佈局謀篇等技巧，也是優秀作品的必要條件。兩篇文章都運用了倒敍作為敍述線索，而效果的確非同一般，故老師可以多鼓勵同學運用倒敍法，增加文章的吸引力。

一次難忘的宿營

年級：中二
作者：温斯琪
批改者：潘步劍老師

設題原因

這是配合記敘單元的作文題目，單元的學習重點是記敘的線索，如何清楚敘述故事，令故事有更強的感染力。

批改重點

1. 運用倒敘的手法。

2. 運用記敘六要素的能力。

批改重點說明

1. 初中學生寫作記敘文，一般喜用順敘手法，一旦運用倒敘和插敘，時空跳躍的處理有時會混亂，也就令讀者難以閱讀欣賞。

2. 記敘文的六要素，是最基本的寫作記敘文的能力。除了清楚交代，如何糅合自然地使用，也是一篇好的記敘文所必需的。

批改正文

範文 　　評語

「滴答！」秒針跳動的聲音在牆上重複響起，令我想起那一次⋯⋯

那天早上，我回到學校集合。陽光早已和汗水混在一起，終於到達了目的地，那是一片湖藍色的海面。這一晚，大家的肚子都鼓鼓作響，我被安排與三位不同年級的同學在一組，但很快便熟絡了。

「叮叮！」原來是手機提醒我們該起牀了。大家迫不及待地梳洗，我仍然迷迷糊糊。早上，我飛奔到吃早餐的地方，只見熱騰騰的巧克力飲品，已放好在桌上。午飯後，活動接踵而來，這次是要我們自己造一隻浮艇出海。

導師帶領我們來到海邊，我聽見清脆的海浪聲，似在一下一下地敲打

● 由聽覺或視覺起興，再由此產生回憶，這是中學生運用倒敍的常用手法。接下第二段由現實回到過去，回憶運用自然，交代得明晰清楚。

● 第三至五段：時間標示語用得多，由早上到午後，對於事件記敍很清楚，但過分依賴，就會有呆板不生動的弊處。接下第四段具體詳盡寫到情節發生地點 ── 海邊。宿營之苦與樂，事件記敍詳細，參與事件的人物，也清楚描繪內心情感，令文章的意旨清晰集中。

着我的心靈。我們不斷努力，雖然遭受到多次的失敗，但憑着信心、毅力和團結，終於成功了。其實，起初我內心也有很大的掙扎，因為我不諳水性，怕出海時會有危險，後來放開了心理包袱，反而玩得盡興。我相信，只要肯嘗試，就是成功的第一步了。

我們雖已大汗淋漓，但無損興致。因為好戲在後頭，刺激的「搶軍旗」遊戲這時才開始。這個遊戲考驗我們的思考力和團隊精神，大家不斷吶喊，最後我們的一組獲勝了。我很高興，因為這是我們全組人同心合力所發揮出來的力量。

「滴答！」牆上秒針跳動的聲音再次把我拉回現實中。那次宿營的種種片段，回想起來，仍然歷歷在目。縱使在我不斷成長的過程中，偶然回首，也是無法忘記的。

● 首尾呼應而完整，由回憶到眼前現實，倒敍手法完整，作為記敍文，相當穩妥。

總評及寫作建議

　　全文雖然採用倒敘手法，令情節內容出現跳躍變換，但由於線索分明，敘寫明晰，易於掌握。倒敘手法的運用，令讀者更深刻地感受作者對事情的難忘，令文章的主旨更集中鮮明。本文對記敘文的六要素，俱能照顧交代，文字流暢，是一篇完整的記敘文。只是記敘情節，雖然要素俱備，卻沒有抓住細節作深入的描寫，容易流於平鋪直敘，這亦是寫作記敘文時，除了基本元素之外，必須兼顧與考慮的。本文在這方面，就有改善的空間，例如內心情感的刻畫，就未見有深入細緻的描繪了。

一次難忘的遊逛

年級：中二
作者：林美君
批改者：潘步釗老師

設題原因

配合記敍單元的作文題目，單元的學習重點是記敍的線索，如何清楚敍述故事，令故事有更強的感染力。

批改重點

1. 處理情節的能力。

2. 表現主題的能力。

批改重點說明

1. 記敍文要寫得好，怎樣處理情節很重要。學生一般會犯平鋪直述的毛病，如何令故事在推展過程中產生起伏，這是能否吸引、感染讀者的重要原因。

2. 寫一個故事，我們一般不會甘於只是表述事件。如何借故事或抒情、或說理，亦為文章成敗的關鍵。

批改正文

 範文

 評語

一年前，一個秋風蕭索的日子，給我留下了一縷深刻的記憶……

● 文章的開始先以景鋪墊，製造氣氛，也引出下文。

那天，街上行人稀少，異常寧靜。我獨自在街上遊逛。一會兒，感覺有點疲累，便收拾心情回家。突然，眼前出現一頭巨大流浪犬，把我頓時嚇呆了。我全身冒汗，驚呆在地，雙腿顫抖，想動也不能動。

● 記敘線索很清楚，推展故事，時間、空間交代明晰。

對峙了一會兒，我終於振作起來，狼狽逃走。我跑着跑着，那頭討厭的狗卻在後面追着。汪的一聲大叫，把我嚇得跌倒在地上！那巨犬緩緩地走過來，似乎露着獰笑。這時姊姊忽然出現，在地上拾起一根樹枝，試圖趕走惡犬。可惡的巨犬不但沒有走，還撲過來咬着姊姊的腳。我看見牠的頭貼着姊姊的腿，登時嚇呆了，

● 這一段是情節起伏處，也是全文情節的高潮所在。情景寫得很逼真，扣人心弦，產生吸引力。

姊姊雖然一臉痛苦，但仍然保持鎮定，最後終於趕走了牠。

恶犬走後，姊姊回過頭來，向我淡淡一笑，她那雙明亮而動人的眼睛，變得毫無光彩，臉色也愈來愈蒼白，雙眼漸漸閉上，終於在我的面前暈倒了。

● 情節轉折的段落。高潮過後，為最後一段的抒情作過渡。

姊姊醒來的時候，我們一家人都站在她的身旁。醫院內暗淡的燈光照着她瘦削的臉，顯得更加瘦削。她望着窗外，沒有作聲，更沒有埋怨我的說話。我知道姊姊永遠不會讓自己的親人受傷，特別是我這個妹妹。想到這裏，我心裏除了慚愧，剩下的只有是對姊姊的崇敬。

● 結合記敘和抒情，故事情節的主旨也於此揭示。情感控制很好，不慍不火，適當地抒發了姊妹之情。

總評及寫作建議

　　全文主旨集中鮮明，相當流暢，結構也有序。只是沒有就姊姊作細緻深入的描寫，人物情感的轉折就不夠自然了。但從記敘的角度，則相當清楚而有條理了，處理情節的能力很好，故事由開端，發展而到結尾，既明晰清楚，交代井然，更重要是情節起伏安排有度，令讀者閱讀時，參與感很強。最後借事以抒情，也使文章的立意高度提高了不少。作為一個中二級學生，已相當不俗。這篇文章借事以寫情，因此「遊逛」的意義不大，稍不切題，這方面可以考慮修正一下。描寫姊妹情的筆墨，如果更多予以點染，借記事以生的藝術效果會大很多。

老師批改感想

　　中學生寫記敘文一般的毛病是太側重於記敘，惟恐看文章的人不知始末，因此總喜愛將事情原原本本地清楚交代一次。這種傾向的結果是常忽略了對重要段落的描摹和刻畫，也就是令故事情節失去了高低起伏，沒有「重筆」所在。老師批改記敘文時，條理明晰有序，固然是重要的指標，但如何令學生將記敘和描寫、抒情等文學元素更自然地糅合，使文章更能表現主題（例如寫人、抒情）也很重要，而且更是文章「個性」之所在，意義重大。批改學生文章，我總慨歎香港學生的從俗，最常見的毛病是用大量篇幅寫事件，然後在末尾一段，或抒發非常「正路」的情感，或發表一些老氣橫秋的議論。久而久之，成為寫作的套路，尤不可取的是令學生對所記敘的事情失去真實的感覺，沒有通過寫作來反省生活、梳理自己的情感。老師批改此類文章或給予評語時，不妨多留意此方面的指導。

記一個不幸家庭的遭遇

年級：中四
作者：陳樂鈴
批改者：蔡貴華老師

設題原因

近年香港經濟不景，很多原本幸福的家庭都遭逢變故，有些家庭能在風吹雨打中熬過難關；有些家庭則不堪一擊，變得支離破碎。這些不幸的事件，有些發生在自己身上，有些發生在親戚朋友身上，有些可以在報章上看到，無論那些不幸的人物或家庭是否跟我們有關，同學們都不會感到陌生，老師希望他們把這些事件記錄下來，並寫出他們的感受。

批改重點

1. 運用順敍法。
2. 運用第一人稱寫作。

批改重點說明

為了訓練學生有條理地告訴別人一件事，本文要求學生按事情發生、發展的先後次序進行敍述；而運用第一人稱寫作，較第三人稱來得親切、直接，感情的流露也更自然。

批改正文

 範文 評語

如果要說一個不幸家庭的遭遇。那麼，我們便要弄清楚不幸的意思是甚麼。父母雙亡的家庭算不算不幸？單親家庭算不算不幸？雖然很難對「不幸」二字下定義，但是我的一位朋友——仲文，肯定是在不幸家庭中長大的一個堅強的孩子。

仲文是家中的長女。她的媽媽在一次交通意外中不幸過身，留下她和父親、妹妹相依為命。媽媽的死對她的影響很大。那時她只有十二歲。因為她的父親需要出外工作，所以她除了讀書外，還要照顧妹妹。老實說，這種情況在香港是十分常見的，但誰也不會料到，更不幸的事竟然又發生在她的家庭裏。這幾年，香港經濟不景，很多人都因此而失業。她的父親

● 這裏先介紹仲文的家庭背景。母親因意外逝世，父親失業後意志消沉，企圖自殺，仲文需照顧妹妹，還要守着父親，不得不放棄學業，掙錢養家。這裏記敍仲文的家庭在短短幾年間的改變，條理清晰，取材恰當。

也未能倖免。

正常的人也不能承受太多的打擊，何況她的父親的打擊是接二連三的。愛妻的死，加上又變成失業漢。他竟然產生自殺的念頭。幸好每次當他有所行動時，仲文都及時阻止了。

她為了維持生計，不得不放棄學業，只有十六歲的她，開始投身社會工作。雖然她遇到那麼多不幸的事，但她並沒有抱怨，也沒有自暴自棄，因為她體會到人生的幸福並不是必然的。所以她遇到甚麼事，都會以樂觀的態度面對。

仲文的不幸、仲文的堅強讓我明白到不論大或小的不幸，每天都會衝着我們而來，即使努力的躲避，也仍然會遇到。每當我們遇到自己認為不幸的事時，不妨從另外一個角度去分析那件事吧！

仲文曾這樣說，在世上其實她並不是最不幸的，因為比她更不幸的大有人在，可不是嗎？常常在報章上看到不幸家庭的遭遇的新聞時，我們便明白到當幸福降臨我們身上時，應該珍惜才對。

● 由於作者是仲文的朋友，從作者所知寫出整件事情，文章更具真情實感。作者除了寫出仲文在逆境中那頑強的鬥志，表揚了一種樂觀積極的人生態度外，還在末段借事抒情，強調幸福不是必然的看法，可謂一舉兩得。若文章換了仲文為第一人稱敘述者，自說自話，則像自我表揚，感人力度不足。

總評及寫作建議

題目是「記一個不幸家庭的遭遇」，本文應以記敘為主，抒情、議論為次，切勿本末倒置；取材應來自一個家庭，勿寫幾個家庭，不幸事件可來自家庭中其中一個成員或多個成員，或由一個成員的不幸引發出來，學生取材切忌貪多，把不同形式的不幸事件都集中在一個家庭上，寫得呼天搶地，全部人身亡殞命，這樣牽強地湊合材料，只是賣弄文筆或炫耀技巧，若內容脫離現實或過於堆砌，抒情或議論時便覺虛假。本文第四段寫仲文的堅強略嫌平鋪直敘，如能插入一些瑣事的記敘或對話，可令人物的刻畫更立體。全文佈局謀篇都恰到好處，議論點到即止，可列中品。

假設你有一位同學因為破壞學校紀律而受處罰，試寫出這件事情的始末和你的感受

年級：中四
作者：石子琪
批改者：蔡貴華老師

設題原因

這是中四開學第一篇文章，開學時班主任都不時提醒學生要遵守校規，這篇文章讓學生透過回憶或平時觀察所得，記錄一次某位同學破壞學校紀律而受處罰的經過情形和把自己的感受寫出來，同時，藉此把暑假那渙散的身心整理一下。

批改重點

1. 運用倒敍法及首尾呼應。
2. 透過敍事（主角的遭遇）表現主題。

批改重點説明

學生寫作記敍文時最常用的手法是順敍法，文章易流於平鋪直敍或呆板，這篇文章希望學生在結構上花點心思，倒敍法可讓學生嘗試借回憶來敍事；首尾呼應可令文章結構更嚴謹。此外，希望學生運用思考及分析的能力，透過觀察事件帶出個人感受及文章的主題。

批改正文

 範文

 評語

「陳玲玲，請回答這條問題。」班裏沒有人回應。李老師看看座位表，再問：「陳玲玲在哪裏？快回答這條問題吧！」終於，有人回應了，「李老師，陳玲玲已經退學了。」雖然沒有人回答，但我的心已經回到兩年前和陳玲玲一起的時候⋯⋯

陳玲玲原本是一個十分乖巧的學生，品學兼優，開朗活潑，每一個老師和同學都很喜愛她，當然也包括我在內。我和她本來也是好朋友，可惜，後來發生了一些事情，改變了我們的關係。

陳玲玲的父親原本是一個商人，對人十分友善，但後來因為生意失敗，以致性情大變，不但酗酒，還不時對妻子和女兒拳打腳踢。玲玲終於

● 運用倒敍法及首尾呼應。倒敍法就是把事情的結局或某個精彩的情節放在前面，然後再按時間順序來敍述事情的開始和發展；有時也可藉眼前的事物或情況引起回憶，追述往事。文章一開始（第一段）由李老師追問陳玲玲下落的一番話，帶出作者的回憶（第二至四段），第四段結尾一句「何況是一星期才上一節課的李老師呢」結束回憶，呼應第一段李老師的發問。

忍受不了，開始跑到街上去，整天在街頭流連，認識了一羣壞朋友，最後還沾上毒品，藉此逃避父親的虐待和麻醉自己。

有一天，玲玲毒癮發作，竟在學校後樓梯吸起毒來，當她感到舒服了少許的時候，剛好一個領袖生經過，看見後樓梯隱隱約約有一個人影，便走過去看看。終於，玲玲被學校處分了，訓導主任提出兩個選擇：第一是報警，第二是自動退學。玲玲最後選擇了自動退學。自此以後，我再沒有見過她了，除了班主任，其他老師也不知道陳玲玲已經靜悄悄地退學的事。何況是一星期才上一節課的李老師呢！

昨天放學的時候，我在一間商店前面瞥見一個熟悉的身影，沒錯，那就是陳玲玲了，可惜她已經和兩年前的陳玲玲完全不同了，從前的陳玲玲

是一個束着兩條小辮子，臉蛋圓圓，
雙目炯炯有神的可愛女孩，但是……
現在的陳玲玲已經是一個滿頭金髮，
口中叼着香煙的瘦削女孩，她目光呆
滯，神情落寞。霎時間，我的眼睛潤
濕了，當我抬頭再看時，已不見了她
的蹤影。

　　假如學校那天沒有開除她，假如
那天有人願意向她伸出援助的手，假
如她的父親沒有虐待她、沒有破產，
那麼眼前的一切是否可以改寫呢？
啊！我的眼淚又來了。

● 透過敘事（主角
的遭遇）表現主題。
主角陳玲玲由一個十
分乖巧的學生變成一
個自暴自棄的女孩，
其中的因素很複雜，
主要與家庭的變故有
關，但他在學校吸毒
被發現，學校給她的
選擇是校方報警或她
自動退學，這便涉及
校方處事手法的問
題，本文作者企圖在
這方面提出疑問：「假
如學校那天沒有開除
她，假如那天有人願
意向她伸出援助的手
……」一連幾個假
設，帶出了問題癥結
所在，也給予教育工
作者深思的機會。

總評及寫作建議

　　本文的倒敘手法運用圓熟，首尾銜接得很完整，這部分不僅交代了陳玲玲的背景，也反映了校方對學生的冷漠態度──學生犯了事馬上被開除，而學生被開除後老師也不知道，這正好是文章的主題。

　　這篇文章的主題可以是透過同學犯事而對校規感到不滿，例如校規的條文是否合理，或老師在執行校規時的處理手法是否正確、處罰是否太嚴苛等。此外，也可探討學生破壞學校紀律的背後原因。本文交代校方如何開除陳玲玲時略嫌簡略，如加插一些對話突出兩者之間的矛盾和利益方面的對立，可凸顯文章的主題。

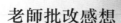

老師批改感想

　　學生寫作前必須審清題目，辨清文體，否則容易離題。記敍文中所記述的事件，應該是作者日常生活中，最打動自己和印象最深刻的事件，作者想藉着這些事件告訴讀者他的感受和意見，這就是記敍文的主題。寫作記敍文無論是採用順敍法或倒敍法，或期間運用插敍，都必須有條理，善於運用「六何法」。這兩篇記敍文在取材方面有相似的地方，都跟破碎家庭有關，學生的生活圈子較狹窄，寫作素材離不開同學、朋友和家人，其實無論甚麼題材，只要有一定的表達能力，具真情實感，都足以令人感動。第一篇令我們振奮，第二篇令我們下淚，我較喜歡第二篇，尤其末二段運用對比手法，從臉容的改變寫陳玲玲今昔的驟變，對比強烈，十分感人。

後記：幾句衷心話

　　我是一個頗有計劃、顧慮周全的人，很多事都能如期完成，很少會誤期的，和我合作過的朋友都知道這點。當我答應當時任職於中華書局的梁偉基先生編這套書後，很快便定好了全盤計劃。

　　我在二零零四年的六七月間便開始邀請老師參與這項工作，並在暑假前寄出批改指引、每頁的版面樣式、各種文體的寫作能力、批改後稿件的處理方法等給老師，務求他們一目了然，可以立刻準備開始工作。我更定出了交稿的日期，從二零零四年十一月底開始，每月交一種文體，依次序是記敘文、描寫文、抒情文、說明文和議論文；到二零零五年三月底，便可以收齊所有稿，這樣便可以趕得及在七月書展前出版。我這樣想當然是過於理想。

　　開始收稿時，問題便來了。有一兩位老師用筆批改稿件後寄給我，我審稿時發現有問題，便在稿件上說明，然後寄回給老師；他們修改完再寄給我，我覺得仍然有地方不妥當，便又在稿件上寫清楚問題所在再寄回給老師。這樣數來數往，仍然沒法解決問題，實在很麻煩。於是我和梁偉基先生商量，大家都覺得用電腦批改和交稿會更方便。我立刻用電郵通知老師，建議他們先用電腦打稿，然後再依版面樣

式批改，改好後用電郵寄給我。當我收到稿件時，有小問題的，我便代老師改了，不必再麻煩他們；如果有大問題的，我才會寄回給他們重改。如果老師沒空打稿件，可以把學生的手寫稿寄給梁偉基先生，梁偉基先生打字後再用電郵寄給老師，老師便在電腦上改，改後再寄給我。所有的稿經我審閱後，沒有問題的便轉寄給梁偉基先生存檔，並同時進行排版的工作，這樣工作的進度便會快些。

過了不久便收到一位老師寄來一篇可以做樣本的稿，我很高興；在得到她的同意後，便把稿件寄給其他老師參考，請他們依這個樣式做。我滿以為這樣的安排很理想，誰知問題又來了。我等到十二月中，仍然有相當多的老師沒有交第一篇稿，我想可能他們還沒有教記敘文；但開學已三個多月了，難道甚麼文體也沒有教嗎？為甚麼一篇稿也沒有交？我開始有點焦急，於是再發電郵追稿，等了一段時間，仍有好幾位老師沒有回應；我只好打電話給他們，才知道原來我寄出的所有電郵都是亂碼，以致他們誤以為是垃圾電郵而沒有開啟檔案；也就是說，從一開始他們便沒有看過我發的資料。於是我只好雙管齊下，立即把資料用電郵、傳真送過去，他們到十二月底，才正式開始批改的工作。

在審第一批稿的時候，很多稿件與我的構想有頗大的出入，於是我發還給老師重改，有些甚至改了多次。我想他們心裏可能怒我，但他們仍然忍耐地、認真地做好批改的工

作，實在感謝他們。因為太過急於如期完成工作，我在一定的時間內便發電郵給老師，提醒他們要交稿，這樣無形中給了老師很大的壓力。我有時甚至在星期天的早上，老師還沒有睡醒時便打電話追稿；當電話筒傳來對方像夢囈般的聲音時，我又感到有點歉意。我想老師很怕聽到我的「追魂鈴」，所以我也儘量改用電郵聯絡他們，直至我守着電腦多日多月都沒有回應時，才會出動「追魂鈴」。其實我也知道中學的老師工作相當忙，是不宜給他們太大壓力的，但為了如期完成工作，我才會這樣做。

今次這套書能順利出版，要謝謝各位老師準時交稿及對我百般的容忍，同時感謝梁偉基先生花了不少時間幫忙打稿。最後，要感謝為這套書寫序的學者，使這套書生色不少。

劉慶華